KB136281

그러니까, 사랑

그러니까, 사랑

조수광 · 이누리 쓰고 그리다

바람 불고 눈 내려 꽃이 진대도
아무렴 어때요
이렇게 당신과 함께 있는걸요

달봄

푸르고 파아란
예쁜 동그라미 안에서
그렁그렁 떨고 있는 별에게
너를 만나기 전에 죽지 않아서 기뻐
라고
속삭이던 밤이 있었네.

contents

01 우리가 처음 만났을 때 014
he said 고백
words 꽃 · 고백 · 나는 당신이니까 · 손수건 · 기다림

02 그대에게 028
she said 거짓말
words 봄 밤 · 편지 · 양초 · 별똥별 · 연애

03 겨울 저녁 042
he said 남자에게
words 풍경 · 빨래집게 · 오, 사랑 · 꿈

04 인연 054
she said 외로움
words 첫사랑 I · 첫사랑 II · 낙엽들 · 그날들 I · 그날들 II
옛사랑

05 사랑, 그 눈물 어린 반짝거림 074
she said 봄날은 간다
words 눈빛 · 미안 · 뭉클 · 연민 · 봄날

06 너를 만나기 전에 죽지 않아서 기뻐 088
he said 추억 만들기
words 당신 멀미 · 사랑해 · 그대 생각 · 포옹 · 키스

07 새로운 시간이 새로운 색깔로 빛날 때 102
he said 새로운 시간이 새로운 색깔로 빛날 때
words 여행 · 별 · 사랑꽃 · 외사랑

08 어차피 곧 사라질 노을을 우리는 오래오래 바라다보지 않는가 116
he said 그녀
words 순간들 · 화풍병花風病 · 꿈에도 잊지 못할 사랑 · 사이

09 우리가 사랑을 할 때도 132

she said 차마 하지 못한 이야기

words 빈 화분 · 덩그러니 · 길 잃은 별들 · 실연失戀
추억에 기대어

10 문득 148

he said 다 잊었다 생각했는데

words 그 사람 · 마음의 그림자 · 숨
그대를 만나려고 이 별에 온 걸 그대는 아시나요?
바람 · 그를 지나간 시간을 비가 적시고

11 바람이 분다 166

she said 엔딩

words 말줄임표 · 파애 I · 파애 II · 파애 III
그대에게서 가장 먼 곳 · 파애 IV

12 붉은 제라늄 184

he said 우리가 정말 헤어진 걸까

words 이별 · 11월 · 위로 · 이별, 후後 I · 아리다는 것
겨울

13 그렁그렁한 눈빛 202
she said 끝 없는 이야기
words 오후 2시의 바람 · 파랑 · 겨울 그리고 봄 · 아청빛

14 그리운 마음 216
he said 길 위에서의 슬픈 이별
words 비 · 사연 · 거리 · 만나는 방법

15 그대 없는 오후 230
she said 고양이
words 아직도 · 동지冬至 · 이별, 후後 Ⅱ · 안녕, 이후

그대와 함께 보고 싶은 영화 245

모든 장르의 경계 없음

비로소 풍기는 아름다운 냄새

반짝이는 두 눈

침묵과 함께 입술은 우선 손에게 키스를.

01

우리가 처음 만났을 때

난분분

난분분

분홍빛 흰빛

그 빛을 연주하는 맨발의 바람

사춘기.

이렇게 사람 많은 데서 고백을 하려니 좀 떨린다.

하지만 많은 사람들이 우리의 사랑을 축복해줬으면 해서 놀라고 당황스럽겠지만 이렇게 고백하려고 해.

선불리 고백하고 오랜 친구였던 너를 잃게 되지는 않을까 고민했어. 그런데 고민의 끝에 이런 생각이 들더라. 너를 사랑하지 않는 내 삶은 아무런 가치가 없다는….

후줄근한 트레이닝복 차림도
머리를 감지 않은 네 모습도
슬리퍼 사이로 보이는 발가락의 파란색 매니큐어도
입술 가까이에 난 까만 점도
모두 다 예쁘기만 해서
널 생각하면 내 심장은 먹먹하기만 하다.

나는 가진 것도 많지 않고 잘나지도 못했지만 너를 위해서라면 무엇이든 다할 거야.

이제 네가 싫어하는 줄무늬 반바지는 입지 않고 앵그리버드 티셔츠도 입지 않을게. 아침에 일어나면 제일 먼저 너에게 전화를 걸 거야. 아침잠이 많은 너의 하루 시작은 내가 책임질게. 약속 시간에 늦는다고 성화부리지 않을 거고 네가 좋아하

♬ *migala - gurb song*
her bottles of gins and her north africa stamp collection at night we would talk in dreams back to back...

는 안개꽃도 한 달에 한 번 잊지 않고 선물할게. 네가 좋아해서 해물탕이랑 파스타 만드는 법도 배웠어.

너를 위해 요리할게. 맛있게 먹어주겠니...?

여기 한 남자의 고백이 있습니다.
촌스럽지만 진심어린 마음이 감동적이네요.
사랑에 빠진다는 게 무엇인지, 우리는 잘 아니까요.
눈곱 낀 상대방의 얼굴마저 예뻐 보이던
그날, 아니면 지금.
밤하늘의 별 만큼이나 많은 사람 중에서
누군가를 만나 사랑하게 되는 일.
마치 마법처럼, 그리고 기적처럼
당신에게 일어났던, 일어나고 있는, 일어나게 될….

♬ *the czars - drug*

I love the lies you've told to me while looking me directly in my eyes...

기다리다
두근거리다
붉어진
마음

words 꽃

♬ *the pretenders - i'll stand by you*

Take me in, into your darkest hour. And I'll never desert you. I'll stand by you.

언젠가 내가 들려줄 눈물의 이야기를 너의 귀는
받아낼 수 있을까.
내 속이 맑게 비워지면 이슬의 꿈을 나는
이해할 수 있을까.

저녁이 푸른 날개를 접고
검은 호수로 날아가네.

사라지는 방법으로 잠드는 습관을 배우고
나는 아무도 모르는 깊고 어두운 숲에
내 이름마저 버리고 싶었네.

내일 오후쯤에는 눈송이처럼
너를 만날 수 있을까.

words 고백

나와 당신이 나누는 말과 눈빛
그리고 모든 것.
당신과 내가 나누는 게 아니라는 생각쯤에서
나는 쉼표를 베고 눕는다네.
당신과 나를 빌린
당신을 껴입고
나를 껴입은
그 누구들의 사연이 문득문득 궁금해진다네. 어쩌면
당신과 내가 살아보지 않은, 아직 가보지 않은
아니면 영원히 가보지도 못할 시절의 누구들이
당신 그리고 내 속에서
눈물냄새 비를 그리워하고 다하지 못한 이야기 나누며
어느 까만 밤 별밭을 올려보고 바람과 악수하며
그 바람 어느 계절 어느 고장에서 왔는지를 느끼고
떨어지며 부르는 잎잎들의 쓸쓸한 노래를
듣는 게 아닐까 생각하면
쉼표를 입고 나는 수만 년을 떠돌고 싶다네.

♬ *jack savoretti - sweet heart*
now i want more take in your own sweet hurt. but oh unless you want me too.

여기저기에서 나를 보는
나와 마주치는 참 많은 당신,

참 많은 나.

나는 당신이니까.

문득 들여다본 빈방처럼 쓸쓸해 보이던
그대의 어제가 자꾸 마음에 걸려서
온통 그대 생각으로 가득한 아침.
그대 곁으로 벌써 가서 손수건이 되는 마음 한 장.

words 손수건

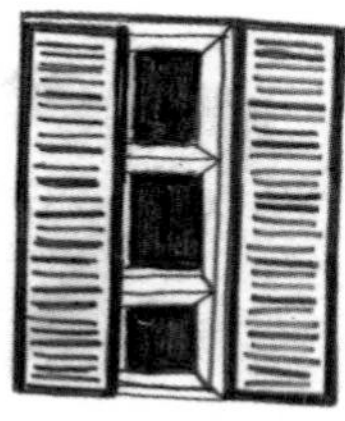

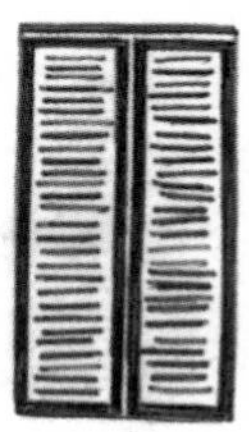

♬ *glen hansard & marketa irglova - falling slowly*

falling slowly, sing your melody... i'll sing along.

짙은 만큼 영롱한 파랑에 젖어
길고 긴 밤과 낮을 조용히 견디는 마음.
말랑말랑한 심장 그 따스함을 그대에게 주고 싶어
주고 싶어서 새벽 창문처럼 오래 기다리고 있다.

words 기다림

02

그대에게

방금 곁을 스치고 지나간 바람 같이
하늘을 가르는 저 별의 반짝임 같이
분수대에서 뿜어진 물이 공중에 머무르는 시간 같이
캄캄한 창문을 번쩍 비추고 사라지는 번개 같이
비 그친 저녁 하늘 한켠에 떴다 지는 무지개의 시간 같이

당신과 함께할 수 있는 시간이
꼭 이럴 것만 같아서
도무지 당신 생각을 끄지 못하고 애틋해집니다.

여름이면 생각나는 드라마가 있다. 청량한 느낌으로 가득했던 〈커피 프린스 1호점〉.

드라마에는 나이가 지긋한 홍사장이라는 남자가 나온다. 과거 그에겐 매우 사랑하는 여자가 있었다. 그런데 그녀는 그에게 입만 열면 거짓말을 하곤 했다. 어느 날 그녀는 유학을 간다며 그를 떠났고 그는 그녀의 유학을 돕기까지 했지만 알고 보니 그조차 거짓말이었다. 그녀는 그렇게 홍사장을 떠나 다른 남자의 곁으로 갔다. 그렇게 남자 주인공에게 자신의 스토리를 풀어놓던 그가 이렇게 말했다.

그 여잔 내가 참 좋았나봐. 얼마나 내 눈치를 봤으면. 얼마나 좋았으면 그렇게 오랫동안 거짓말을 해.

믿음이란 건 어쩌면 보이는 것만 보는 것이란 생각이 들 때가 있다. 너는 내가 되고 나는 네가 된다는 그 낭만적인 말이 사실은 헛된 함정이란 생각 또한.

상대방을 향한 수많은 생각들의 홍수 속에서 진실은 어디에 있는 걸까. 보이는 것 외에 그가 아닌 내 마음이 투영된 왜곡된 짐작들, 그리고 마치 그가 또 다른 나인 것처럼 답을 정해놓고 기다리는 대답들. 그곳에선 믿음이 설 자리를 잃은 채

♬ *damian rice - 9crimes*
i give my gun away when it's loaded is that alright. is that alright with you. is that alright...

헤매인다.

그래서 홍기식, 네가 그 여자 없이 살 수 있냐.

여자의 거짓말에 화가 날 때마다 스스로 던졌던 홍사장의 물음. 그것은 그녀가 아닌 나를 향한 물음이었다.

내 마음을 들여다보는 것, 그리고 들여다볼 수 없는 마음을 가진 그에게서는 그저 보이는 것만 보자고, 가끔씩 그렇게 홍사장이 내게 말을 건다.

♬ *mazzy star - fade in to you*

i want to hold the hand inside you. i want to take a breath that's true...

마음에 그대 생각 등불처럼 켜지면
아카시아 꽃향 가득 밤바람이
달빛보다 부드러워라.

words 봄밤

♬ *christy moore - ride on*

ride on, see you. i could never go with you. no matter how i wanted to...

바람 불고 눈 내려 꽃이 진대도 아무렴 어때요.
이렇게 당신과 함께 있는걸요.

♬ *stan moeller - love is a child*

love is a child it will grow... if you treat it right love will be good to us will take places we never been...

양초에 불을 붙여본 사람은 알지.
양초가 주위를 어떻게 밝히는지.

words 양초

♬ *kodaline - all i want*

all i want is all i need is to find somebody to find somebody like you.

단 한 번,

바다를 사랑한 밤별들의 아름다운 투신.

words 별똥별

♬ ***jeff hanson - hiding behind the moon***

and remember the sun don't shine and remember the sky's not blue and if only i was you i'd be right along here hiding behind the moon...

하루 안에서 피었다 지기를 반복하는 사계절.

03

겨울 저녁

가진 것이 별로 없어서 다행이다.

그대가 아직도 내 마음에 여린 그대 어깨를
기대고 있어서 행복해지는 저녁이다.

가진 것이라곤 그대밖에 없어서
마음이 난로처럼 따뜻해지는 계절이다.

길을 걷다가 그녀가 춥다고 하면,
외투를 벗어 주기보다 외투의 앞섶을 열어 안아주세요.
약속 시간, 그녀가 두세 시간 늦더라도
그 자리 그대로 가로등처럼 기다려주세요.
굽 높은 신발을 오래 신고 다녀서 아픈 발을
가만히 가져다 주물러주세요.
여자가 술에 취해 예전 남자친구 이야기를 꺼내더라도
조용히 들어주고 아무 일 없었던 것처럼 대해주세요.
그녀가 무심코 뱉어내는 말들을 잘 기억하고 있다가
어느 날 문득 선물을 하세요.
그녀의 마음이 구름 위로 올라갈 거예요.
헤어질 때에는 집까지 바래다주고
사정이 여의치 않다면
그녀의 뒷모습이 보이지 않을 때까지 지켜봐주세요.
당신이 있어 든든하도록요.
그녀의 잔소리가 관심이자 사랑이라는 사실을
지금 알지 못하면
먼 훗날 그 잔소리가 그리워
목이 메이고 눈물을 흘리게 될 거예요.
설령 같이 가지 못했다 해도

♬ *angus & julia stone - for you*
if you love me with all that you are if you love me i'll make you a star in my universe you'll never have to go to work you'll spend every day shining your light my way...

바다의 파도소리와 바람소리 그리고
해변의 모래와 조개껍데기를 가져와 선물해주세요.
여자는 그것만으로도 추억을 함께할 수 있답니다.
때로는 직접 고른 색색의 편지지와 펜으로
편지를 써주세요.
비록 지독한 악필이라도 말이에요.
키스를 할 때에는 이마나 눈 그리고 코끝에
가볍게 입맞춰주세요.
여자는 그렇게 가벼운 스킨십에
사랑 받는 마음을 느낀답니다.
다른 여자와 비교하지 말아요.
다른 사람들이 찾지 못하는 그녀만의 매력을 찾아
그녀를 돋보이게 해주세요.
행여 서로에게 나쁜 말들을 던지고
영영 등 돌리게 되더라도
험담은 하지 말아요.
한때,
심장 두근대며, 아파하며, 먹먹해 하며
사랑했던 사람이니까요.

♬ *angus & julia stone - big jet plane(acoustic v.)*

i wanna hold her, i wanna kiss her she smelled of daisies, she smelled of daisies she drive me crazy, she drive me crazy...

그대가 있어 나는 꽃 필 수 있었으니
그대는 나의 아름다운 정원.
환하게 환하게 피어서
백 년 동안 천 년 동안 그대의 풍경이 되었으면.

♬ *angus & julia stone - glizzly bear*

i like it when you smile won't you stay with me just for a little while?...

모진 삶의 한 귀퉁이 애써 붙들고 있는 손
아무 미련 없이 그만 놓아버리고
그 사람에게로
그저 떠나고만 싶은 마음뿐인
하루.

♬ angus & julia stone - heart beats slow
i'm gonna miss you gonna miss you girl... well i wish you, wish you well all the best...

그대가 곁에 있으면 추운 겨울도
따스한 봄날 오후만 같습니다.

words 오, 사랑

♬ *mary macgregor - torn between two lovers*

you mustn't think you've failed me just because there's some-one else you were the first real love i ever had...

다음 생에는 당신 속눈썹 사이로 내리는

한 올 햇살이어도 좋겠네.

words 꿈

04

인 연

놓는다고 쉽게 놓여지는 것은 사랑이 아니지.

계절이 바뀌어 향기 다른 바람이 불어올 때
기우뚱 하늘 한쪽이 먹구름으로 가득 차듯 문득문득
마음에 경사가 지는 것은 무엇이냐.

말 몇 마디로 쉽게 끊어지는 것이 인연의 끈이라면
수백 수천의 말로도 죽어라 죽어라고
끊어지지 않는 것 또한 사람의 인연이다.

그때 그날 그 사람의 눈빛 숨결 살내음이
이렇게 봄비 그친 숲처럼 선명해진다.

파리 북역에서 런던으로 향하는 기차를 탔다. 이어폰에선 콜드플레이의 노래가 흘러나왔다. 파리 외곽의 다소 초라한 풍경에 멍한 눈길을 던지고 얼마 있지 않아 시야가 갑작스레 꽉 막힌 듯 캄캄해졌다. 길고 긴 유로 터널을 지나고 있었다. 기차 시간 때문에 평소보다 일찍 일어난 나는 이내 꾸벅꾸벅 졸기 시작했고 중간중간 불편해진 자세를 가다듬기 위해 좁은 의자 안 구겨진 몸을 뒤척이면서 그렇게 생애 처음 홀로 떠나는 여행을 시작했다.

은은한 소음에 눈을 뜨자 붉은 벽돌로 지어진 건물들이 보였다. 파리와 별반 다르지 않은 풍경, 하지만 분명히 다른 무언가가 있었다. 나는 주섬주섬 자리에서 일어나 짐을 챙겨 기차 밖으로 나와 특유의 소란스러움이 가득한 공기 속으로 성큼성큼 발걸음을 옮기기 시작했다.

그동안 귀에 익숙했던 영어와는 전혀 다른 억양의 문장들이 어질어질 넘실대며 발목을 휘감았다. 애초에 영어라는 언어에 초보적인 수준인데 이제는 간단한 말조차 알아들을 수 없는 상황이 되어버렸다는 사실을 알아챈 순간, 마치 킹스턴역 바닥에 굴러다니는 버려진 티켓이 되어 누군가의 구둣발에 밟히길 기다리는 처지가 된 것만 같았다.

도착한 민박집은 한산했다. 컨버스 운동화 끈을 정성스레

♬ *angus stone - just a boy*

one kiss from you and i'm drunk up on your potion that big old smile is all you wore...

쟁여 매고 밖을 나섰다. 겨울이라 해가 짧은 탓인지 버스에서 내렸을 땐 어느새 밤이었다. 한적한 거리, 비에 젖은 바닥에는 노란 가로등이 물기 머금은 빛을 뿌려대고, 그 위로 드문드문 검은 그림자들이 어른거렸다.

손에 잡힐 듯 보이는 런던아이의 푸른 불빛을 향해 걸었다. 이내 둥그런 몸집의 런던아이와 그 옆의 타워브릿지가 보였고, 템즈 강 너머 노란 조명에 근사하게 모습을 드러낸 국회의사당과 건물들이 사진에서 보았던 것처럼 낭만적이었다. 런던아이 아래쪽에서 나이 어린 여행객 무리가 손에 캔맥주를 들고 시끌벅적하게 떠들며 삼삼오오 사진을 찍고 있었다. 흘끗 그들을 훔쳐보던 나도 주머니에서 핸드폰을 꺼내 런던아이를 찍었다. 그러고는 무심히 시선을 거두고 다리로 향했다.

강 너머 풍경을 한번 바라보고 등 뒤로 멀어지는 런던아이를 한번 바라보기를 반복하면서 다리를 건넜다. 런던아이와 함께 멀어지는 사람들의 떠들썩한 소음이 발걸음을 잡았다가 놓았다가 변덕을 부렸다. 다리를 중간쯤 지나 소음이 바람에 흩어져 더 이상 들리지 않게 되었을 즈음, 나는 비에 젖어 축축해진 바닥을 향해 고개를 떨구고 걷기 시작했다. 반대편에서 걸어오는 사람들의 습기 찬 발끝만이 시야에 나타났다 사라지고는 했다.

아마도 그날은 새벽 두 시 정도에 잠들었던 것으로 기억한다. 일기를 쓰고 싶어서 편안한 테이블이 있는 부엌으로 가고 싶었지만, 민박집 스텝들이 잘 기미를 보이지 않은 채 떠들며 놀고 있었기에 내내 기다리다가 결국 포기하고 잠들었다. 부엌에서 들려오는 웅웅대는 소음에 묻혀 잠든 꿈속의 나는 비에 젖은 타워브릿지를 건너고 있었다.

다시 눈을 떴을 때, 이번엔 떠나야겠다는 생각을 했다. 이곳에 더 이상 있을 수 없다는 생각으로 가득해져서 여행 경비로 환전해놓았던 파운드를 몽땅 들고는 마치 편집증 환자와 같은 표정으로 킹스턴 역으로 향했다.

자, 전 재산을 내놓을 테니 오늘 당장 이 나라를 떠나는 배편과 위조 여권을 준비해주시오.

대략 이런 심정으로 티켓 창구로 들어가 봉투에 들어 있던 파운드를 판매원 앞에 내놓으며 가장 싸면서 빠른 파리행 기차표를 샀다. 줄곧 떠나는 이유 따윈 관심 없다는 표정을 짓던 판매원의 이틀 후에 떠나기로 예약되었던 표는 환불 불가라는 마지막 말에, 나는 한국말로 괜찮아요, 라고 대답하고 표를 접어 주머니에 넣었다.

♬ *devics - alone with you*
i could be alone or be alone with you...

파리로 돌아가는 기차 안에서 멀어지는 런던을 바라보며 두 도시의 차이점에 대해 또다시 고민했다. 결국 그것은 익숙함에서 오는 차이가 아닐까 하는 생각이 들었다. 오래 보아 익숙한 곳, 그래서 그곳에 나를 아는 사람이 있는 것, 그리고 그 사람들과의 관계에서 오는 소음들로부터 아무리 도망쳐도 제자리인 꿈을 꾸듯 회귀의 욕구가 끊임없이 스스로의 발목을 잡고 놓지 않는 것. 런던엔 없었고 파리엔 있었던 그것. 런던 브릿지에서 사람들이 든 맥주 캔을 훔쳐보며 내 마음속에 선히 그려졌던 얼굴들, 아름다운 야경 속 들려오는 낯선이의 웃음소리에 섞인 낯익은 누군가의 목소리, 걸어가는 내 뒤로 나를 부르는 그들의 얼굴이 사무치도록 그리웠다. 그리고 한편, 외로움은 대체 뭘까 하는 생각이 들었다. 누군가가 곁에 있어도 외로운 건 왜일까.

한국에 돌아온 뒤, 긴 여행 끝의 허탈감에 시달리던 중 미국으로 유학 간 오래된 친구와 통화를 하게 되었다. 보고 싶은데 너는 대체 한국에 언제 오느냐는 나의 보챔에 그녀가 말했다.

우리가 자주 못 만나고 연락하지 못해도 나는 항상 네 곁에 있었고 너는 내 곁에 있었어.

외로움이라는 것은 어쩌면 이기적인 감정일지도 모른다는 생각이 들었다. 같은 공간에서 함께여도 제각기 존재할 수밖에 없는 우리들이, 외롭다고 얘기하는 건 욕심의 또 다른 표현에 불과한 게 아닐까 하는. 여기까지 이르니 그제야 런던에서 이틀만의 줄행랑이 안쓰럽게 여겨졌다. 동시에 막연히 알 것도 같았다. 생각하고 있는 누군가가 있다면 그것으로 충분하다는 것, 그것을 모르는 사람의 인생이 도망침의 연속일 수밖에 없다는 것은 타워브릿지 위를 걷는 꿈보다 더 혹독하게 다가오리라는 걸.

♬ *ed harcourt - this one's for you*

and i can't stop staring at you and your expression looks a little confused this little story will end so well...

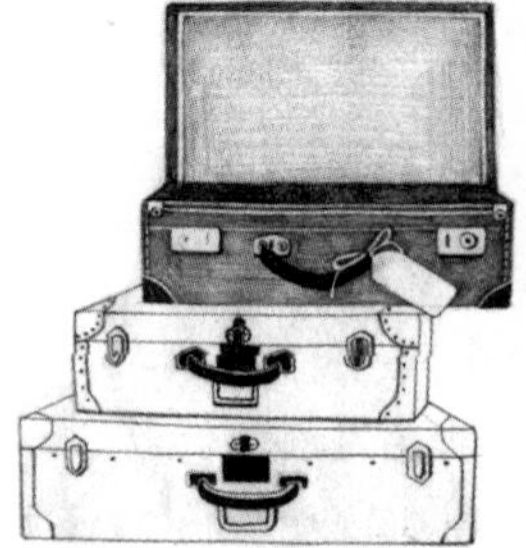

she said 외로움

♬ elliot smith - between the bars

drink up one more time a i'll make you mine keep you apart, deep in my heart separate from the rest but i like you the best keep the things you forgot...

좋아하는 오빠에게 결국 건네지 못한
일곱 살 소녀의 손 안에서

끈적하게 녹아버린 눈깔사탕 한 개.

♬ *erik faber - don't stop*

are you lonesome tonight? do you miss me tonight? i'm sorry you drifted away from me...

빠알간 봉숭아 꽃물 번진 손톱,
두근두근 열 개의 심장.

어느 겨울 아침 첫눈이 내리고
붉은 하현달 같은 손톱 끝 꽃물이
수줍은 듯 웃고 있었지.

골목 끝처럼 흐린 날 붉고 따스한 입술을 너는 내게 주었지.
온몸으로 나는 네 입술을 받고 흔적도 없이 사라지고 싶었지.
서로 보듬은 채로 한 해를 보내고
흔적도 없이 사라졌으면 싶었지.
나무 그늘처럼 깊어가는 구월이었지.
우리 가난한 꿈이 영그는 구월이었지.

words 낙엽들

♬ *josh pyke - love lies*

my love, it followed me right back to you...

내가 당신 곁에서 가장 편한 표정과 몸짓으로 빛나던,

♬ *joshua radin - i'd rather be with you*

yeah, yeah i'd rather be with you say you want the same thing too...

내 붉은 심장을 그대에게 주고 싶던

어느 봄날.

♬ *karen o - the moon song*

we're lying on the moon it's a perfect afternoon your shadow follows me all day making sure that i'm okay and we're a million miles away...

시간이 지날수록 아릿해지는 기억의 속살에

주 름 이 깊 다.

앞다투어 피는 추억이

아 프 다.

저물녘 노을 뒤편으로 그렁그렁 사라지는 저 해가
그대 눈빛을 닮았다고 생각하는 사이,

그리움을 껴입고 추억의 모든 장면들이
아슴아슴해지는 무렵,

겨울 들녘 허수아비의 그림자 같이

어룽지는

마음

한 줌.

words 옛사랑

05

사랑, 그 눈물
어린 반짝거림

사랑을 하며 살라고 신이 사람을 만든 거래.

가서 사랑으로 살다가 죽거든 하늘로 가서 서로에게

반짝이는 별이 되고 땅으로 가서 꽃이 되고

땅과 하늘 사이 바람이 되라고….

때로는 하나의 색깔이 기분에 따라 다른 색처럼 보일 때가 있다. 노래가, 책이, 그리고 어떤 영화가 내게는 그랬다.

지방 방송국 라디오 PD인 은수와 녹음 기사인 상우의 사랑 이야기가 담긴 영화《봄날은 간다》. 새하얀 눈과 갈대 그리고 붉은 털실로 짠 은수의 목도리와 무던하고 순진했던 상우의 표정으로 기억되는 이 영화가 나온 지도 벌써 십 년이 더 되었다.

당시 내가 만나고 있던 첫사랑과 함께 이 영화를 보면서 두 주인공이 꼭 우리 같다며 부끄러운 웃음을 짓던 기억이 여전히 생생하다. 그때만 해도 나는 극 중 여주인공 은수가 남주인공 상우를 놓아버리는 것에 대해 꽤나 분개했었다. 매몰차게 대해놓고 또 붙잡고, 완벽하게 놓지도 못하면서 다른 남자를 만나는 여자의 애매한 행동들. 그리고 사랑한다는 이유로 그런 여자의 행동들에 휘둘리고 마는 남자. 어떤 잘못을 저지른 적도 없는 저 순정으로 가득 찬 착한 상우에게는 과분한, 이기적인 여자라고도 생각했다.

하지만 그로부터 몇 년의 시간이 흐른 후 첫사랑과의 결별이 영화의 결말과 별반 다르지 않았음을 다시 이 영화를 본 후에야 깨달은 나는 더 이상 웃을 수도, 은수를 향해 화를 낼 수도 없었다.

♬ *kate wolf - love still remains*
the love i felt for you still remains

자신을 향해 완벽하게 사랑에 빠진 상우를 바라보며 은수는 무슨 생각을 하고 있었을까. 서울에서 강릉까지의 먼 길을 오로지 은수를 보기 위해 친구의 택시를 얻어 타고 달려온 남자, 푸른 새벽빛 아래 텅 빈 도로 위에서 그만을 기다리던 여자. 그리고 마침내 만난 그들의 기쁨으로 가득 찬 포옹은 사랑을 하는 누구나 기억 한켠에 묻고 살 만한 벅찬 순간이었다. 그저 네가 있는 것만으로도 감사한 그때 그 시절 속에서, 그녀는 홀로 무슨 생각을 하고 있었을까.

예전엔 미처 보지 못했던 그녀의 표정이 이제야 눈에 밟혀온다. 그리고 그 앞에서 사랑에 빠진 상우가 애처롭게 느껴진다. 그리고 십 년이 훨씬 지나버린 지금, 마음을 더 아프게 하는 인물은 결국 은수가 되었다. 아름다운 시절을 뚜렷이 기억하고도 헤어짐을 고하는 그녀, 그 끝을 향한 선고에 사랑이 어떻게 변하느냐고 묻던 남자의 마음에 그저 침묵으로 대신할 수밖에 없었던 그녀의 마음을 상우는 알 수 없었다. 둘의 봄날은 그렇게 가버렸다. 봄날이 사라져버린 그들의 시간에서, 어쩌면 상우도 누군가의 은수가 되었을런지도 모른다고, 그의 또 다른 봄날을 생각한다.

♬ *thirteen senses - saving*

and i guess it's a might with a light you find you turn a blind eye to the world in the sky...

애써 말하려 하지 않아도 됩니다.

그대 눈빛이 벌써 다 말해주었으니까요.

♬ *lasse lindh - c'mon through*

but it's worth it, i love the thrill come, come, come...

산다는 것이 죄 짓는 일 같아서
모든 것에 자꾸
미안 미안하기만 하다고
눈물짓던 너의 미안美顔.

words 미안

몸 위 맨 끝에는 파랑과 검정이 범벅된 나라,
그 나라가 만들어낸 끝없이 펼쳐진 보랏빛 언덕.
머리 여러 개 달린 괴물 같아.
때로는 몇 개월분이 뜯겨져나간 달력 같아 .
꿈결에도 너는 중얼중얼,
초침 위에서 비틀대는 나를 만날 때마다
나에게서 자꾸 멀리 달아나고 싶어.
나는 너에게 속삭이지만
네 두 눈과 귀는 내게서 너무 가까워.
죽은 사람 곁에 넋 놓고 앉아 손 맞잡듯
엉망진창의 표정 안에서 안개처럼 퍼지는 한숨뿐이야.
지나온 길 돌아보면
퀭한 그림자처럼 서걱서걱 내가
걸어오고 있을 것 같아.
이렇게 가끔 뒤돌아보는 것, 배고파,

잠과 꿈이 만나면 그러나 내 몸은 벼랑.
들이마시고 내뱉는 숨이 멈추지 않는 이상
멈출 수 없는 습관이라고

♬ *leona naess - how sweet*
so stay stay with you lady play just come back and save me
hey it's so slow with me honey...

꿈결에도
너는 중얼중얼,
살아야겠어 하면 내딛는 발걸음에
맥이 어둠처럼 풀리고 너는 소리치지.
그만두라니까, 살고 싶으면 다 버려,
살고 싶다는 생각마저 버리라구!

길고 흰 수염을 가진 늙은 사람의 말을 하는 것은 두 부류.
쉼표를 직직 끌고 다니는 물음표이거나
화살표를 머리에 쓰고 무소처럼 내달리는 느낌표이거나.
그것은 겁쟁이와 열사의 차이쯤일까.
시시때때로 겁쟁이 혹은 열사로 둔갑하는
우리의 낯 두꺼움을 너는 알까.

바람이 비를 몰고오는 중.
그것이 삶이야 너는 말하고
삶은 살아지는 것이야 나는 말하고
삶은 사라지는 것이야 우리는 말하네.
조금은 뭉클, 한 기분으로.

♬ lisa ekdahl - i don't miss you anymore

i don't miss you anymore unless i close my eyes especially
open wide i see i miss you every day...

당신 마음속
말로 되어지지 않는, 뱉어지지 않는 애끓는 응어리는
좀처럼 풀어지지 않네.
서러운 마음 그지없을 때 하나 둘 생기는
당신 몸의 생채기를 마주하고
나는 당신이 밉다.
미워하는 내 마음도 미워 밉다고 말도 못하고
내 마음에도 응어리 하나 덧생기는,
그대와 내가 만들어내는
트래직 드라마.

저 하늘을 가르며 날아가는 별
활활 불타고 있는 걸까.
사그라지고 있는 걸까.

words 연민

늦은 오후의 시간,

하루의 반,

하염없이,

고꾸라지고,

슬프지도않고아프지도않고쓸쓸하지도않고

외롭지도않고虛하지도않은데

너무슬프고아프고쓸쓸하고외롭고虛해요

봄,

벚나무,

꽃잎 지다,

누군가 나에게 속삭인다,

오늘이 너무 이상하지 않나요, 봄 공기 속엔 코카인이 섞여 있나봐요, 아직 젊으니까 자꾸 죽고 싶지 않나요?

난분분, 벚꽃

♬ *mariee sioux - love song (the cure cover)*

however far away i will always love you however long i've stayed i will always love you...

오늘을 펑펑 울어버리는,
쓸쓸한 웃음 하나,
거울,
굽은 어깨를 데리고 불현듯 사라진,
프랑켄슈타인의 쓸쓸한 뒷모습을 보아버린
검게 빛나는,
눈동자,
한참을 일렁이다,
희미하게 들리는,
프랑켄슈타인의 독백,
봄,
벚나무,
꽃잎 지고,

words 봄날

06

너를 만나기 전에 죽지 않아서 기뻐

푸르고 파아란 예쁜 동그라미 안에서
그렁그렁 떨고 있는 별에게
너를 만나기 전에 죽지 않아서 기뻐, 라고
속삭이던 밤이 있었네.

사랑을 시작하면 모든 시간이 그 사람에게로 향합니다. 무엇을 보고 느끼든지 중심에는 언제나 그 사람이 자리합니다. 누구에게나 그렇듯 사랑은 연분홍빛으로 심장이 물드는 것으로 시작하는가 봅니다. 분홍빛 심장을 가진 사람은 힘들고 피곤한 걸 잘 느끼지 못합니다. 새벽 세 시가 넘은 시각 전화를 해도 반갑기만 합니다.

잠깐 나올 수 있어, 우리 하늘카페공원 갈까?

막 사랑을 시작한 분홍빛 심장은 마치 전화를 기다리기라도 했던 것처럼 벌써 공원으로 달려가고 있습니다. 공원의 작은 얼룩무늬 토끼들이 눈앞에 어른거리기까지 합니다.

응, 공원으로 바로 가면 돼? 여기서 십 분밖에 안 걸리니까 금방 갈 수 있을 거야, 어디야?

남자는 신이 난 목소리로 말합니다.

춥지 않게 입고 나와. 새벽이라 그런지 약간 쌀쌀해. 집 앞에서 기다리고 있을게.

♬ *a girl called eddy - somebody hurt you*
you're lonely like only the broken can know aching for love but afraid to show see how i miss you...

웅, 벌써 와 있었던 거야? 얼른 준비하고 나갈게.

팔짱을 끼고 걷는 봄밤의 공기는 따스하기만 합니다. 회양목을 스쳐온 바람은 달큰하고 포근합니다. 주홍빛 가로등을 빙 두르고 있는 조그만 공원의 싱그런 잔디밭. 얼룩무늬 토끼 두 마리도 잔디밭 위를 뛰놀며 사랑을 나누는 것 같습니다. 두 마리 토끼의 사이가 가까워지는 거리만큼 두 사람의 거리도 더욱 좁혀집니다. 사랑의 매듭이 더욱 튼튼히 묶이듯이.

팡파르처럼 목련꽃이 터지는 그런 봄밤의 애틋한 사랑을 그대는 해보셨나요?

남자가 봄바람처럼 속삭입니다.

앞으로 남은 내 인생의 모든 시간들도 너와 함께 추억하고 싶어, 결혼해줄래…?

마침내 둘은 부부라는 인연으로 시작되는 새로운 추억 만들기에 들어선 것입니다. 사랑은 추억을 함께 만들어가고 또 그 추억을 함께 나누는 것이니까요.

당신의 사랑은 안녕한가요?

♬ mindy smith - one moment more

oh, please don't go let me have you just one moment more oh,
all i need all i want is just one moment more...

하루 종일 머릿속에는

당신이 빙글뱅글 꽃 피어,

행복한 멀미.

words 당신 멀미

♬ *mandy moore - only hope*

so i lay my head back down and i lift my hands and pray to be only yours i pray to be only yours i know now you're my only hope...

사랑해

남자가 흔들렸을까,

여자가 흔들렸을까.

첫눈 내린 겨울 골목 입구
흰 눈밭 위 수줍은 세 글자.

words 사랑해

♬ *maximilian hecker*
- i'll be a virgin i'll be a mountain

i'll leave my prison to swim to you now that it's over... i'll be a virgin when i reach you i'll be a mountain when i touch you...

창문의 색이
주홍빛으로
검정빛으로

다
시

파랑빛으로
물들고 있다.

words 그대 생각

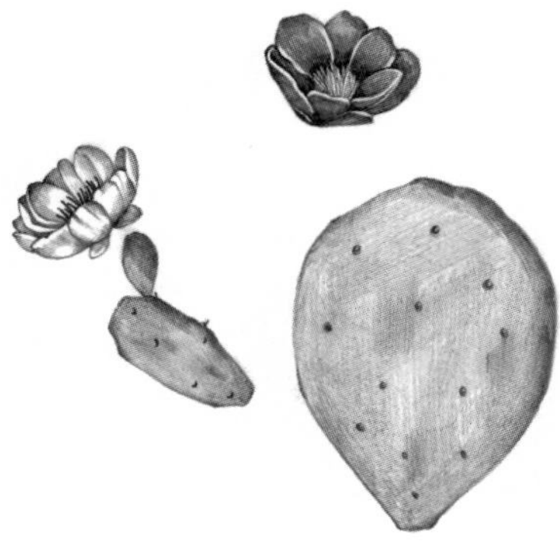

♬ *maximilian hecker - that's what you do*

i want you i need you i love you, girl with all my heart...

가장 가까이 만난 두 심장.

알겠기에 더 꼬옥.

words 포옹

♬ *meiko - lie to me*
check all of the above all of the above...

우주 전체를 쿵쾅쿵쾅 울리는

두 개의 심장뿐.

words 키스

07

새로운 시간이
새로운 색깔로 빛날 때

세상에 단 한 사람

당신이라는 이름의 아름다운 풍경.

봄! 한쪽 눈을 찡긋거리자 네 얼굴
두 볼 위로 반짝거리는 햇빛.

비루먹은 지난 계절, 겨울.

세월은 한동안 겁에 질려 있었어. 그 속에서 나는

눅눅한 빈 방 서른 개를 이력처럼 가진 어쿠스틱 기타 블랙바일BLACK BILE과 졸음 가득한 눈을 가진 고양이 도즈DOZE와 함께 그 많은 오늘들을 떠나보내기 위해 새벽을 살았지. 침묵을 견디지 못한 새벽이 잦은 기침을 뱉어냈어. 언제나 어제와 내일은 마치 늘어지고 색 바랜 카세트테이프 같았어. REW와 F.FWD가 시도 때도 없이 난잡하게 몸을 섞었지.

어디선가 꽃망울이 터졌다는 소식을 들을 때 그 헛헛함.

차라리

검은 구름들이 개떼처럼 몰려온다는 일기예보가 귀를 춤추게 했어. 나의 배경은 무뚝뚝하고 무책임할 뿐 무엇 하나 내세울 것 없이 무심히 시계 속에서 잠들곤 했지.

그리고

♬ *mindy smith - falling*
when i've almost had enough when i've almost given up we start falling and we're falling

꽃샘추위 속에서 꽃이 피는 리듬에 맞춰 나는 네 눈빛 하나하나 놓치지 않고

염주처럼묶어마음빈숲벌거벗은나무마다마다에열매처럼걸어놓았지.

외로워서면 어때요, 기억과 추억이 얼음바람처럼 두 뺨을 때려서면 어때요, 진절머리 나는 옛 거울은 불태워버려요, 그 거울 속에는 죽은 달이 뜨고 질 뿐이에요, 그 거울 속엔 이제 웃음 한 톨 남아 있지 않잖아요, 라고 꼬집어 말할 순 없지만 절뚝거리는 시간을 자유롭게 하지는 못할 거예요, 그래요, 살다보면 다친 마음은 다친 마음이 어루만져 주는 날도 있기 마련인 것이니까요, 그게 더 따스한 거죠.

순간, 마음 한 자리 둥근 화로가 탁탁 불 지피는 소리를 냈지. 파릇한 불길이 피보다 붉게 피어올랐어.

봄! 한쪽 눈을 찡긋거리자 네 얼굴
두 볼 위로 눈부신 햇빛이 설탕가루처럼 반짝거렸어.
새로운 시간이 새로운 색깔의 빛을 내었지.

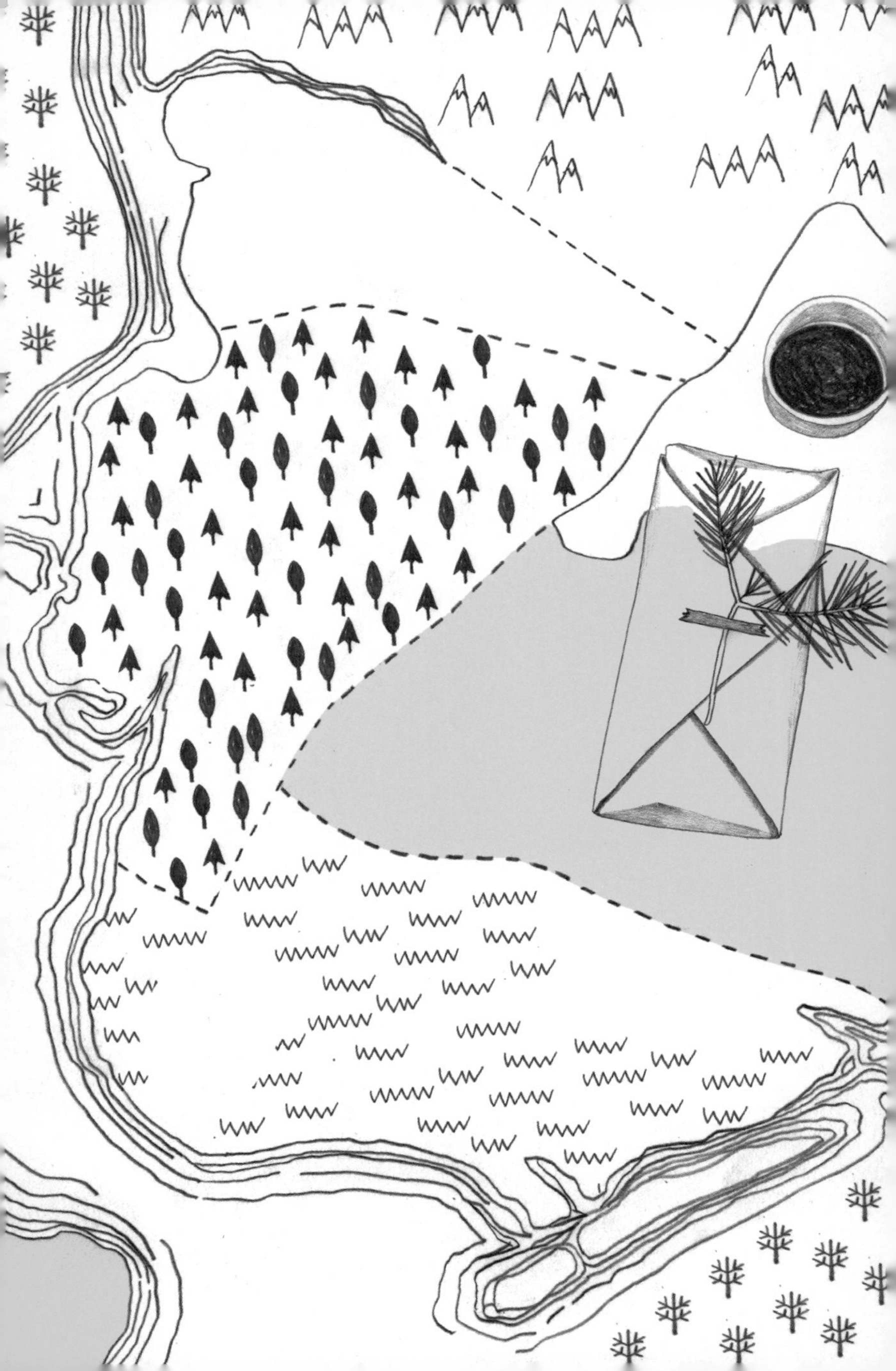

퐁신퐁신한 바람을 타고 나비, 가장 따뜻한 고장을 향해 날개 펄럭이는 계절.

교회의 십자가 정수리에 한낮 온 힘을 다해 햇농을 흘리는 숨 막히는 태양의 계절.

플라타너스 잎이 제 뿌리를 그리워하되 그리 오랜 시간 마음 두지 않는 거리엔 온통 거리距離인 계절.

지상에 이름 있는 것들과 없는 것들의 몸을 살피려 하늘이 수천의 눈目을 내리는 자비의 계절.

글썽이는 발목 데리고 사람들이 불현듯
어디론가 떠나는 것은
떠나고 싶어 하는 것은
거울에 비춰지지 않는 제 모습을
미치도록 보고 싶어서입니다.
곳곳에서 외롭거나 즐겁거나 슬퍼하고 있을
제 모습을 평생을 두고 찾아보기 위함입니다.

♬ *mojave 3 - love songs on the radio*

she looks just like an angel when she walks across the room...

어둠을 사랑한 밤이 피워낸

무수한

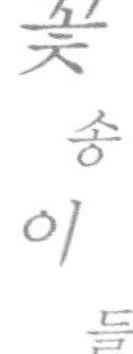

♬ *norah jones & adam levy - love me tender*

love me tender, love me true all my dreams fulfill for, my darling i love you...

새까맣게 외로운 밤을
거센 눈보라를
숨 막히는 태양의 열기를
세찬 소낙비를
큰 바람을
다 견뎌야 하지.

그래야 비로소 작고 예쁜
꽃 한 송이
피워올릴 수 있는 거지.

♬ *norah jones - thinking about you*

my cold hands needed a warm, warm touch, and i was thinkin' about you...

창밖으로 바람이 불고
그녀는 길을 나섰네.

길 안의 모든 것들이 다른 모습을 하고 있었던 것은
그가 가고 그림자처럼 그녀 홀로 남았기 때문.

아무도 모르는 먼 별로 가는 기차를 그녀는 타고 싶었네.
집 밖을 나오지 않는 시간이 많아질수록
그 마음 간절했네.
아무도 그 마음 보듬지 못했네.
이해라는 것 애초 없었던 것처럼
그녀는 스스로 위로했네.

시간이 갈수록 마음에 큰 허공이 생기고
어둠은 그녀 속에서 파란 멍이 되었네.
아무도 그 멍을 어루만져주지 않았네.
바람 부는 길 위에서 기억과 추억들이
퉁퉁 부은 눈을 하고 그녀 앞에 나타났다 사라지곤 했네.
아주 느린 걸음으로 집으로 돌아가던 그날,

그녀 뒤로 그녀의 긴 그림자 더욱 쓸쓸했네.
그 그림자 속으로 그녀 몰래 가만히 몸을 넣어보던
한 사람 있었네.

♬ *maroon 5 - she will be loved*
and she will be loved and she will be loved...

밤을 새워 나눈 이야기와 허망하게 밝아오던 아침들,
뼛속까지 사무치던 눈빛들,
그러니까 그 둘의 이야기들이 한꺼번에 그를 괴롭혔네.
소녀 스스로 꿰매는 마음의 상처들,
그는 마음이 아팠네.
꿈속에서나마 그 상처 안아주고 싶었네.

소녀가 나지막히 웃으며 말했네.
눈물로 지도를 그려 길을 잃지 않는 법도 배웠는걸요.
지금은 그저 조금 비틀거리는 시간일 뿐이에요.

08

어차피 곧 사라질 노을을
우리는 오래오래
바라다보지 않는가

덫에 걸린 백치가 되고
마약에 중독된 듯 아슬아슬한 구름이었다가
때로는 마음이 비처럼 곤두박질치고
한낮의 햇볕에 쌓인 눈이 녹아 흘러버리듯
마음 온통 하염없이 녹아내려
홀로 아프게 입술 깨무는 밤도 많을 거라고 사람들은 말하지만
두근두근 가슴 뛰는 사랑을
하루가 영원 같은 그런 사랑을

오직 그대와
사랑을.

차에 치어 공중으로 몸이 붕 떴을 때,
남자는 정말 죽은 줄만 알았다.
그런데 신기하게도
그 짧은 순간에 그동안의 삶 모든 순간순간들이
파노라마처럼 남자의 머리를 스치고 지나갔다.
그 중에 가장 많이 떠오른 장면은 여자와의 추억이었다.
남자는 그 사고로 하반신을 쓸 수 없게 되어버렸다.

여자는 여느 때처럼 밝은 얼굴로 남자를 대했지만
남자는 여자가 그저 괜찮은 척하는 거라고 생각했다.
도무지 예전처럼 아무렇지 않게
여자를 대할 수가 없었던 남자는
이별의 이야기를 꺼내고 말았다.
여자가 매달릴수록 마음에 없는 말들을 퍼부으며
여자의 가슴을 난도질했다.
여자는 몇 날 며칠을 울며 찾아왔지만
그럴 때마다 남자는 더욱 여자를 밀쳐냈다.
그렇게라도 하지 않으면 견딜 수가 없었기에
이윽고 욕설까지 섞어가며
나 말고 좋은 남자 만나서 잘 살라고

♬ *over the rhine - i want you to be my love*
i want you to be my love neath the moon and the stars above
i want you to be my love...

맘에도 없는 소리들을 해댔다.
여자는 몇 번을 더 찾아왔지만
눈물 젖은 얼굴을 마지막으로
더 이상 남자를 찾지 않았다.

이후 남자의 삶은 말 그대로 엉망진창이었다.
이렇게 살아서 뭐하냐는 생각과
벼랑 끝이라면 바로 그 순간이라는 느낌뿐이었다.
남자는 방구석에 처박혀 술에 의지한 채
고통의 나날을 보냈다.
신이 있다면 죽여버리고 싶은 심정으로.

세월은 야속하고 허무하게 흐르는 듯 싶었다.
다행히도 주변 사람들의 관심과 배려로
술에서 몸을 건져낼 수 있었고
일자리도 얻게 되었다.
하지만 여자의 빈자리는
무엇으로도 메워지지 않았다.
다른 사람을 만나 아이도 낳고
행복하게 살고 있겠지, 생각하면

알 수 없는 아릿한 마음에
눈물이 나기도 했다.
생활은 많이 달라졌지만
여자의 빈자리는
여전히 크게만 느껴졌다.

계절이 바뀐 어느 날,
남자는 한 통의 편지를 받았다.

당신을 뒤로하고 돌아오는 내내 나는 눈물을 흘렸어요. 몸 속의 모든 물이 눈을 통해 다 빠져버릴 듯이 말예요. 당신이 나를 떨쳐내려 쏟아부었던 말들은 모두 진심이 아니란 걸, 나는 알고 있어요. 하지만 나를 밀쳐내면서 힘들어하는 모습을 보며 당신을 괴롭히는 내가 되고 싶지 않아서 나는 당신에게로 가는 길을 걸을 수가 없었어요.

예전이나 지금이나 당신을 향한 내 마음은 여전합니다. 당신이 어떠한 상황에 처하더라도 나는 당신을 사랑해요. 몸의 장애가 어떻게 우리의 사랑을 갈라놓을 수 있을까요.

매일 밤 당신을 생각하며 잠들고 당신을 생각하며 아침을 맞았어요. 언젠가는 당신을 꼭 만날 것을 생각하면서요.

♬ *papermoon - tell me all about it*
i've tried to get over you and i ran there but you, still are on my mind...

당신이 힘들어 할까봐 생각하고 또 생각하다 용기 내어
편지를 보내요.
당신이 열심히 사는 모습 참 보기 좋아요.
내 마음을 알아주세요.

남자는 한없는 미안함과 고마움으로
고개를 떨구었다.

"

사랑은 아무리 시간이 흘러도
퇴색되거나 변질되지 않아요.

"

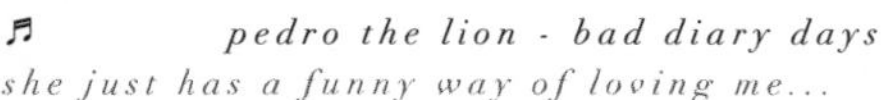

♬ *pedro the lion - bad diary days*
she just has a funny way of loving me...

마음 짠해지는 순간들 만나다.

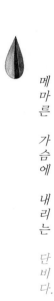

메마른 가슴에 내리는 단비다.

♬ *pete yorn - just another*

you were lying wide awake in the garden, trying to get over your stardom, and i could never see you depart us and you're my baby, you're just another girl...

내가 보는 모든 풍경 안에

그대가 있다.

words 화풍병花風病

♬ *rachael yamagata - be be your love*
but i want, want, want to be your love want to be your love for real want to be your everything...

70—6.13/2010+1.29(—12.14)

보랏빛 뭉게구름
하륵하륵 피어오르는 저녁연기
담장 밑 싱그런 풀 내음
아기눈망울 초밤불
두근두근 흰여울
텃밭에 내리는 빗소리
쪽빛 바람
퐁신퐁신한 어둠
하늘바래기
반짝반짝 설레는 둠벙 위 윤슬
가을 길섶 살살이꽃
볕뉘 속 털 하얀 새끼강아지
토랑토랑 아침 이슬
사박사박 숫눈길

아, 꿈에도 잊지 못할 해오름달과 견우직녀달

47—10.22/2010+7.17(—6.5)

♬ *radiohead - exit music*

we hope that you choke, that you choke...

숱한 키스 뒤에 남는

몇 방울의 눈물.

길가에 쭈그려 앉아 별 같은 들꽃을 오래 바라볼 때

갓난아기의 배냇웃음을 마주할 때

젖은 채 걷다 올라선 육교에서 동쪽 하늘 쪽으로 넓고
선명하게 펴진 일곱 색깔 무지개를 바라볼 때

눈 내리는 겨울날의 한적한 거리 조그만 레코드가게에서
들려오는, 첫사랑이 들려주던 노래를 듣고 서 있을 때

기다리던 그 사람의 전화가 울릴 때

♬ *red house painters - katy song*
without you what does my life amount to...

뜻밖의 선물을 받아 들고 한참을 바라볼 때

오랜만에 만난 어머니와 부둥켜안고 마음까지
글썽글썽해 할 때

그대 마음 가득 그리움으로 남아 있던 사람을 어느 날
문득 저녁 길 위에서 만났을 때

그대와 그 사이에 달빛 환한 강이 흐르고 뭉실뭉실 솜사탕 구름이 흐르고 황금빛 햇살이 흐르고 지금껏 느껴보지 못했던 따순 공기가 향기로운 바람과 몸을 섞으리….

09

우리가 사랑을 할 때도

한 폭의 그림을 그리다 보면
때로 더 그리지 않는 연습도 필요하지.
한 편의 시를 쓸 때도
가슴 적시는 한 문장이면 족하듯이.

6월의 막바지, 햇빛 쨍한 날들이 연잇던 초여름 어느 날 그와 그녀가 만났다. 첫 만남이 시작되던 그날, 물기 머금은 싱그러운 잎사귀처럼 빛나던 얼굴이 여자의 맘에 새겨졌다.

그 후 꽤나 오랫동안 팔짱을 낀 채 두 사람은 걷고 또 걸었다. 도시의 회색 콘크리트를, 하얗게 깔린 나무 바닥을, 폴폴 먼지 날리던 흙길을, 그리고 엷은 모래 깔린 바다 곁 파도 부서지던 길을. 그리고 그 길들 위에 두 사람의 이야기가 나뭇잎마냥 흐트러졌다. 마냥 걸을 수 있을 것만 같던 길이라 미처 뒤돌아볼 생각도 못한 채 그저 걷기만 했다. 다만 앞으로 또 어떤 길들이 펼쳐질지, 남자는 여자에게 가끔 상기된 얼굴로 얘기했고, 그럴 때면 여자 홀로 가만히 고개를 돌려 뒤를 훔쳐보곤 했을 뿐.

물기 머금었던 초록 잎사귀들이 남자가 사온 화분 속에서도 푸르던 시간, 그녀는 내내 그 앞에서 환한 웃음을 지었다. 무엇이 그리도 그녀를 기쁘게 했던 것인지 아주 조그만 것에도 이상하리만치 즐거워하곤 했다. 짧은 시간도 영원인 것만 같은 빛살 가득한 나날들이 이어졌다.

그러던 어느 날엔가, 소나기가 쏟아져 내리던 저녁. 여자는 한참을 혼자 베란다에 앉아 화분을 바라보았다. 비를 맞지 못한 채 조금씩 청량한 빛을 잃어가는 잎사귀들을 보고는 얼른

물을 떠와 흙에 뿌려주었다. 급한 마음으로 부어버린 물에 넘쳐 흘러내린 젖은 흙 얼룩이 안타까웠는지 며칠 전 말려놓은 하얀 수건을 가져와 조심스레 얼룩을 닦아주었다. 그런 후에도 한참을 그녀는 화분 앞에 쪼그려 앉은 채 잎사귀들에 가라앉은 시선을 떼지 못했다.

무거워진 해를 따라 하늘도 낮아진 회색빛의 나날들이었다. 여전히 두 사람은 팔짱을 낀 채 걷고 있었다. 가끔 고개 돌려 뒤돌아보는 그녀의 옆모습을 이제는 남자도 볼 수 있었다. 그럴 때마다 그는 그녀의 팔에 자신의 팔을 더 깊게 엮으려 애썼다. 하지만 결국 남자는 그녀가 누군가를 찾기 위해 뒤를 돌아본다고 생각하기 시작했다. 회색이 되어버린 하늘 대신에, 처음처럼 빛나던 또 다른 초록을 찾는 걸 거야, 라고. 남자의 발걸음이 미묘하게 흔들렸다.

베란다의 화분은 점점 더 시들어갔다. 아무래도 화초를 가꾸는 일이 버거웠는가, 여자는 끝내 초록을 찾아볼 수 없는 잎사귀들이 고개 숙여버린 화분에서 시선을 거두고 싶어졌다. 잊을만하면 화분의 안부를 묻던 남자도 더 이상 언급이 없었다.

그 무렵, 얼어붙은 공기에 입김이 서리던 아침, 여느 때처럼 팔짱을 끼고 걷던 길 위에서였다. 남자는 이제 화분의 안

♬ *rufus wainwright - the one you love*

i'm only the one you love am i only the one you love?

부를 묻지도, 앞으로 펼쳐질 길들에 대해서 얘기하지도 않았다. 오로지 곁에서 나란히 걷고 있는 여자의 얼굴만 끈질기게 들여다볼 뿐이었다. 한편 여자는 문득 마주한 남자의 그런 얼굴에 흙 묻은 화분 바라보듯 안타까운 맘이 들어 자신도 모르게 또 고개를 돌려 지나온 길로 시선을 던졌다. 그 순간, 그가 결국 멈춰 섰다. 그리고 마치 기다렸다는 듯 여자의 팔이 그의 팔에서 떨어져 내렸다.

그날 이후, 그들은 더 이상 함께 걷지 않았다.

길 위에 흐트러진 그들의 잎사귀들이 메말라 사라져버리기를, 아니 메말라버릴지언정 사라지지는 않기를 바라며 함께 걷지 않는 날들을 애써 견디기 시작했다. 그리고 아직 치우지 못한 베란다의 시든 화분 곁에서였다. 잊지 않기 위해 부단히도 끊임없이 뒤돌아보았던 그들의 길 위에 흩어져 있던 잎사귀들을 다시 모아 가지런히 놓아두는 여자의 뒷모습 위로 두 사람의 길이 끝나 있었다.

♬ sade - still in love with you

is this the end? still in love with you...

꽃나무 심겨져 있던 자리가
쓸쓸한 짐승의 퀭한 눈망울 같습니다.

있는 힘 다해 뿌리 붙들고 있던 화분의 흙이 날이 갈수록
번번이 넋을 잃고 맥없습니다.

나를 잠시 다녀간 그대

어디에서 누구의 꽃으로 피어 있을까 하는 생각 사이로
멍처럼 저녁노을이 번집니다.

words 빈 화분

♬ *the perishers - someday*

some say you have to fall to learn how to fly some day we may understand just the reason why...

혹시나 하는 마음 한 조각 때문에

지우지 못한 이름 하나,

가슴을 뚫고 지나가는 시린 가을바람 속

한가운데.

words 덩그러니

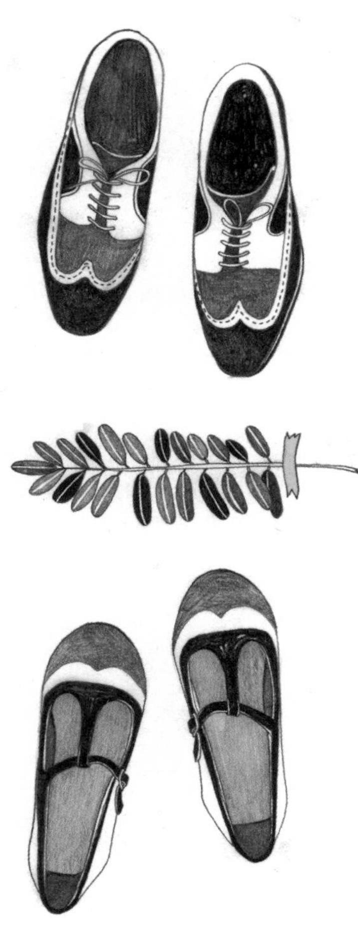

♬ *sara melson - in my dream*

oh you were in my dream this morning and i love you still...

그리움을 사이에 두고 오롯이 떠도는 그대와 나.

시들어가는 나의 반짝거림.

그대처럼.

내 몸에 꼭 맞는 옷처럼
내게 당신
참 따뜻하고 편안했는데

살을 파고드는 이 바람이 아프다.

추억은 비틀거리다
넘어지고
넘어지다 주저앉고

서럽도록 밝은 햇살에 내린 눈이 빛나면서 녹는다.
녹으면서 흐른다.

당신을 잊지 못한, 놓지 못한 내 사랑을
당신만 모르고 있다.

♬ *schuyler fisk - what good is love*

what good is love if you're not here for me to give it to what good is love without you

낡은 형광등처럼 어둑어둑 잘 꺼지는 지난 날 철없던
사랑의 추억들이 그 숱한 영상들이 일순간 모두 지워져
다시 떠오르지 않는다면
그 이후 삶은 과연 후련하고 홀가분할까요,
쓸쓸하고 외로워서 도무지 견디기 힘들까요.

오늘 문득
당신의 안부가 궁금합니다.

10

문 득

그는 아침이 밝도록 걸었다.

그리고

몇 해 전 자신이 죽었다는 사실을 기억해냈다.

한 달 열흘 째.
그 사람에게 나쁜 말들을 던지고 돌아선 지
한 달 열흘이 되었습니다.
그렇게 인연은 끝이 난 것입니다.
멍한 상태로 깨어 있던 밤 시간들이 많았지만
이러면 안 돼, 깨끗이 끝난 거야, 괜찮아…
속으로 중얼거리듯 다짐했습니다.
정리되지 않은 방이 마치 내 마음속 같아
이른 아침부터 청소를 하던 날.
좋았던 기억, 슬펐던 순간들도 말끔히 날려버리듯
창틈의 먼지도 털어내고
모든 걸 잊으려 치우고 또 치웠습니다.
그러다가 그만
아무것도 못하고 다시
멍하니 주저앉아버리고 말았습니다.
손 끝에 닿는 물건들 하나하나가
그 사람과의 추억이 담겨 있다는 것을
알아버렸습니다.
배터리가 다 닳은 인형처럼
생각과 몸은 말을 듣지 않았습니다.

♬ *sean lennon - falling out of love*
i've lived for the devil with a head full of devilish things it only was because cos i was so afraid of falling out of love...

그 많은 사랑의 말들이 적힌 편지와 물건들을
손에서 놓지 못하고
어둑해지는 창문을 멍하니 바라보아야만 했습니다.
슬플 때나 기쁠 때나
항상 내 곁에서 함께해주던 유일한 사람이
그 사람이었다는 걸
다시 느끼게 되었습니다.

그만큼 내 삶의 많은 부분을 차지했던 사람….

꽃처럼 환하게 웃던 두 얼굴이 담긴 사진들,
선물로 받은 노란 스웨터,
서랍 속 빼곡히 쌓인 편지들,
서로에게 똑같이 선물했던 같은 색깔의 목도리,
색색의 속옷들….
추억의 페이지마다 고스란히 떠오르는 순간들이
도무지 머릿속에서 지워지질 않았습니다.
다 잊은 줄 알았는데
어느 것 하나도
잊혀지지 않았던 것입니다.

오히려 더욱 선명하게 머릿속에 그려졌습니다.
아무렇지도 않게 그 사람에게 던졌던 이별의 말들이
부메랑처럼 돌아와 내 가슴을 찌르고 있었습니다.
다 잊어버리고 지내왔다고 생각했는데…,

그날의 추억들이 그리워지는 것은
내 마음대로 제어할 수 없는 것인가 봅니다.

♬ *the sundays - when i'm thinking about you*
hope i'll never wake when i'm thinking about you so that you know i never want to wake cos now i'm thinking about you...

he said 다 잊었다 생각했는데

♫ *silverman - love me too*

i will kiss your skinny fingers pressure builds and these words escape i love you...

검고 앙상한 가지의 그림자를 쓸쓸하게 하지 않았던 것은

가
지
끝
잎
새
하
나
였
습
니
다.

그 해
늦은 가을.

words 그 사람

♬ *simian ghost - wolf girl (acoustic version)*

wolf girl, i feel so strange i'm following your scent i'm yours in every way, and we are no longer safe...

네 무릎 속에서 겨울을 걷고
네 머리카락 사이에서 술잔을 들고
네 어깨 속에서 이야기를 나누고
네 이마 사이에서 별이 뜨고 지는 걸 보고
네 가슴 안에서 노래를 부르고 듣고
네 가방 속에서 슬몃 야한 생각도 해보고
네 입술 속에서 내 눈 즐겁던 날들이 가고

네 손톱 끝 근처에도 닿지 못하는 지금의 내가
네게 쓴다.

마음에도 그림자가 있겠지 믿으며.

모든 걸 알고 있다는 듯 입술 꾹 다물고 있던
가구들과 이불들이여.
흘리는 눈물 그대로를 보듬던 베개여.
해줄 수 있는 게 이것뿐이라는 식으로 뱅글뱅글
열심히 돌던 선풍기 날개여.
우는 듯 가늘게 몸을 떨던 당신의 화초들이여.
느닷없이 불어온 바람에 촛불 같이 떨리던 심장들이여.
문 앞에서 아무렇게나 어푸러져 울던 슬리퍼 몇 짝이여.

고스란히 눈동자 위로 떨어지던 가는 빗방울들이여.
당신이 마지막으로 올려다보던 흐린 하늘이여.
손바닥과 손등을 흠씬 적시던 눈물들이여.

이내 멎어버린 당신 〈숨〉 이여.
사진 속에서 나를 보는 가엾은 이여.
아, 다시는 못 올 지난날들이여.

♬ *simon & garfunkel - april come she will*
april, come she will, when streams are ripe and swelled with rain...

가까이 내려 앉아 같이 울어주던 검은 구름들이여.
빗줄기 사이를 헤매던 담배 연기들이여.
아는 듯 모르는 듯 흘깃거리며 지나치던 색색의
구두들이여.
슬픔도 언젠가는 아름다운 노래가 되는 거라고
말하던 입술들이여.

해바라기꽃빛으로 여무는 그리움이여.
나의 사랑이여.
사람이여.

♬ *sixpence none the richer - kiss me*

kiss me down by the broken tree house swing me upon its hanging tire...

그대를 만나려고 내가 이 별에 온 걸 그대는 아시나요?
그 사람 어느 눈 내리던 겨울날 속삭이듯
이 말을 건넸다.
나는
이 말이 좋은 것인지 슬픈 것인지 아직도 모르겠는 것인데
안개 자욱한 골목길 같은 이 말 속을 오늘 나는 또 걸으며
생각하고 생각하는 것이다.
지금 그 사람은 내 곁에 없고
그 사람의 냄새와 눈빛과 웃음과 울음소리 그리고
익숙하고 친근한 표정들
그 따뜻했던 마음들만 고스란히 내 기억 속에
남아 있는 것이다.

그대를 만나려고 내가 이 별에 온 걸 그대는 아시나요?

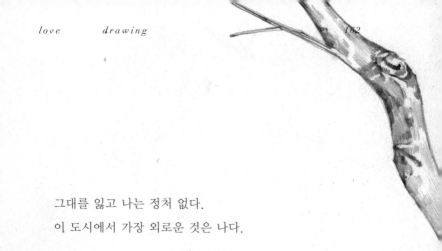

그대를 잃고 나는 정처 없다.
이 도시에서 가장 외로운 것은 나다.

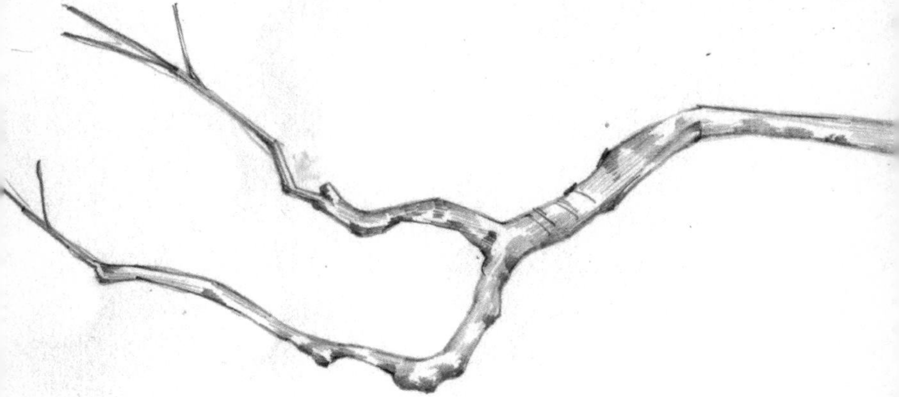

♬ *soko - first love never die*
4 years and i still cry sometimes first love never die, can you feel the same i will never love again...

words
바람

♬ *songs ohia - love leaves it's abusers*

so my life and my whole waiting guilt i enclose late with my dues to you...

잠시 빗줄기를 보듬다 사라지는 담배 연기.
이런 날은 담배 향이 당신 이름처럼 향기롭다.
무언가 자꾸 할 말이 있는 듯 비는 연신 내린다.
한 사람,
우산도 없이 빗속을 걷고 있다.
비가 하고픈 말을 그가 듣는지
그가 하고픈 말을 비가 듣는지
고개 숙인 채
시간은 기다렸다는 듯
그 사이로 가만히 어둠을 피워준다.
한 줄기 비처럼 우두커니 서서 그 사람
캄캄한 저녁을 껴입는다.
여전히 비는
내
리
고
.

11

바람이 분다

네게 전하지 못한 말들이 차곡차곡 쌓인다.

문득 바람은 그때 분다.

무언가 할 말이 많을 때마다 바람을 만났다.

숨통이 그때 트이고 말하지 않아도 바람의 안깃에서

가만히 귀를 열면 뱉지 않은 말들이 오히려 제 길을 찾고

헝클어진 마음은 그렇게 정리되었다.

저린 마음 하나 가만히 보듬어주듯

바람이 분다.

"

너 없이 나는 어떻게 살라고!

《가장 따뜻한 색 블루》에서 아델의 대사

"

잘나가는 화가 엠마와 평범하지만 귀여운 아델, 두 여인의 사랑 이야기를 다룬 이 영화를 두고 감독인 압델라티프 케시시는 자신의 영화가 보편적인 사랑에 대해 말하고 있다고 했다. 아델이 다른 남자를 만난 것에 엠마가 분개하여 크게 다투면서 그들의 관계가 파국으로 향하는 장면에서 나는 감독의 말에 수긍할 수밖에 없었다. 그 장면에서 엠마가 아델에게 화를 내며 외친다.

"꺼져! 이 집에서 나가! 너 같은 창녀는 필요 없어!"

그녀의 외침은 열애와 청춘이라는 아름다움 한가운데에 몸을 섞던 그들의 모습과 극명하게 대조된다. 영화 처음 파란색으로 물들었던 머리가 이제는 본연의 금발로 변한 엠마의 머리카락, 그리고 가장 천박한 감정이라 불리는 질투와 분노가 범벅된 그녀의 표정, 그 앞에서 당혹스러움과 두려움으로 가득 차 눈물로 뒤범벅된 아델의 얼굴은 그들이 더 이상 아름

♬ steve forbert - i'm in love with you
i'm in love with you you're too much for me...

다움을 소유할 수 없음을, 모든 게 끝장났다는 사실을 말해 주고 있었다.

이별이란 서로에게 어떤 추억이 있든지, 그것이 얼마나 아름답든지, 서로가 서로에게 얼마만큼 특별한 존재였는지 여부와 상관없이 오로지 끝을 의미한다. 어떤 수치심도 없이 벌거벗은 채로 마주하던 그들일지라도 예외가 없는, 말 그대로 보편적인 사랑의 끝이다.

악인과 선인이 존재하지 않는, 그저 삶의 이상이 다른 두 사람이 서로의 삶 깊은 곳까지 들어가 분투하는 모습이 그들의 다툼 속에 있었다. 감정만으로 관계를 유지할 수 없음을 깨달은 두 사람이 어떤 식으로 어긋하기 시작하는지에 대한 과정을 그린 뒤, 마지막 결말을 앞둔 그 장면 안에서, 등장인물은 내가 된다. 마지막 판타지마저도 놓아버리는 순간 비현실은 적나라하게 드러난 현실이 되어 끝내 마주 보기가 괴로워진다.

얼마 전 친구와 대화를 하다가 성시경의 노래 〈연연〉에 대한 이야기가 나왔다. 슬픈 멜로디의 이 노래는 극작가 노희경이 썼던 《그들이 사는 세상》이라는 드라마의 주제곡으로 삽입되어 즐겨 듣던 노래이기도 했다. 그런데 친구가 생각지 못한 말을 꺼냈다. 〈연연〉이 계급에 관한 노래라는 것이다. 그러고 보니 실제로 드라마에서 주인공 주준영과 정지호는 경제적인 격차가 있는 연인이었다. 주준영이 부르주아 계급이라면 정지호는 노동자 계급에 가까웠다. 극에서는 그로 인해 갈등이 일어나지만 결국에는 해피엔딩을 맞는다. 그것은 기분 좋고 낭만적인 판타지다. 덕분에 드라마의 마지막 회에서 부담 없이 웃을 수는 있었지만 사실 현실은 그렇게 예쁘지만은 않다는 걸 누구나 알고 있다.

《가장 따뜻한 색 블루》에서도 아델과 엠마 사이에는 계급의 격차가 존재한다. 예술가로서 주목받는 삶을 사는 엠마와 유치원 선생님으로 평범한 삶을 살고 있는 아델. 엠마는 아델의 삶을 인정해주지 않고 더욱 발전하는 사람이 되기를 원한다. 결국 그들은 이별하고 각자의 삶으로 돌아간다. 그렇다면 이건 새드엔딩일까.

이 영화는 아델이 홀로 길을 걷는 뒷모습을 마지막 장면으로 끝이 난다. 아델은 엠마를 상실한 채, 바다처럼 푸른 원피스를 입고 길을 걷는다. 그녀의 뒷모습에서 나는 그녀가 이제 스스로 자신의 삶을 돌보리라는 것을 예감할 수 있었다. 그것은 기쁘지만 슬프기도 했다.

♬ *susie suh - all i want*

that all i want is what you got all i want is what you got but this moment is all i've got it's all i've got

엠마와 아델이 만나 사랑하고 이별한 이야기를 담은 이 영화는 해피엔딩도 새드엔딩도 아니다. 그저 기쁨과 슬픔이 공존할 뿐. 현실을 사는 삶, 그리고 그 삶 속 우리들이 하는 보편적 사랑이 늘 그렇듯이.

아득한 우주의 한숨.

우주를 돌고 돌아 다시 당신 입술 끝에 머물다.

기어코 하지 못한 말 한마디.

words 말줄임표

♬ saybia - the second you sleep

i dream of you tonight tomorrow you'll be gone i wish by god you'd stay stay...

그리고
줄곧 내리는 비.
며칠 째 계속되는 빗소리에 먹먹해진 두 귀.

버리고 싶어.

늦은 오후에야 시작되는 하루.
축축한 새벽.
여전히 축축한 아침.
쉬이 오지 않는 잠.
곰팡이 핀 정오의 시간 안으로
내리는 비.
더 이상 내리지 말았으면 하는 생각 사이로
쏟아지는
폭
우.

♬ *susie suh - love is on the way*

love is on the way, love is on the way carry me back to where i started from carry me back to what i've always known carry me back to my home take my breath away...

마음 크게 다치고 몸의 문이 열리면 흐르는 물.

토라진 애인같이 하릴없이 종일 헤매는 신발코.

서럽도록 몸을 오그린 낙엽.

파랗게 몰려오는 저녁.

먼지 뒤집어쓴 생각들
후후 불어가며 하나하나
버리는 간절한 마음
얘야, 너는 아니? 물으면
어느새 온 마음 덮는 어둠 속에서 약속처럼
처연하게 밝아오던 가을 아침들.

♬ *suzanne vega - caramel*

i know your name, i know your skin, i know the way these things begin...

집 앞 골목 코스모스 바라보다
생각나다
괜찮다 싶었는데 다시 마음 아파지다.

무언가 막연하게 기다리는 사람처럼
쓸쓸함과 길고 긴 목마름의 시간이 깊어졌던 것일까.
너는 이내 떠나 곁에 없고 그 자리, 슬픔이 흥건하다.

그래, 길고 긴 외로움 견디지 못해 오래전부터
우두커니 너는 한참을 쓸쓸히 이 삶의 목책 너머를
바라보다
훌쩍 뛰어넘고 말았다는 사실을
나는 오랜 시간을 두고 알아야겠지, 앓아야겠지.
이제는 기억들만 무진무진 피는 무거운 날들을
나는 오랜 시간 입술 깨물며 울어야 하겠지.

그대에게서 가장 먼 곳,

나.

바람만 휑휑 아우성치다 갑니다.
그대와 내가 섰는

그 사이.

까닭 없이 우울해진 검은 구름들이 간간이 찾아와
내 머리를 흠씬 적시는 날 많습니다.

나를 적신 검은 구름들이 그대 쪽으로 가지 않기를.

마음 한켠 질척거리는 몇 날 며칠을 보듬고
허물어집니다.
와락
허물어집니다.

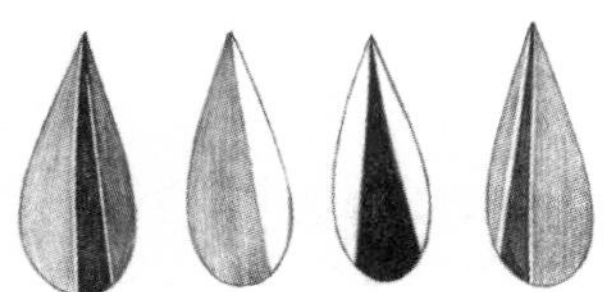

♬ *tanita tikaram - and i think of you*

and in feeling i think of you and in breathing i think of you
and in seeing i think of you and in living i think of you...

밤낮으로 아름답게 반짝거리던 너의 창문이 결국
금 간 곳의 지독한 울음이었다는 걸 알아버린 때.

12

붉은 제라늄

비가 내리고 빗속에서 여전히 나는

도무지

목이 마르다.

당신이 없다.

사랑하던 남자와 헤어진 지
한 달이 다 된 여자.
그간 아무렇지도 않은 척 밥을 먹고
웃고 떠들고
버스를 타고
친구를 만나고…
일상의 박자에 맞춰 여느 누구처럼 지내왔다.
그러던 어느 날, 왜 문득 그 사람이 생각난 것일까.
(사실은 이렇게 불현듯이 떠오를 때가 많았다.)
여자는 하릴없이 한참을 허둥대다, 멍하니 있다가,
마음을 좀 가라앉히고 생각했다.
(아니 어쩌면 저절로 든 어떤 생각에
몸이 먼저 움직였다는 표현이 옳을지 모른다.)
문득 생각난 그곳.
여자는 남자와 처음 만났던 공원 벤치로 가고 있었다.

몇 번을 돌아설까 망설이다 망설이다가.
그동안의 추억들이 머릿속에서
미니시리즈처럼 스쳐 지나갔다.
바람에 헝클어진 머리칼처럼 어수선한 마음으로 여자는

♬ *teddy andreas - my love, beside me*
i can still remember, the day you walked away left me with a broken heart, i guess that's just your way it's better to forget you...

버스를 타고 전철을 타고 걷고 걸어서
추억 속 그 공원으로 가.고.있.었.다.

지난 한 달 간 여자는
남자를 아직 잊지 못한 자신을 미워하며 책망도 했고
추억 속의 순간순간들을 떠올리다가
혼자 미소 짓기도 했다.
또 남자가 한없이 미워져서 원망하다가
원망하는 그 마음마저 미워져서
울었던 적도 있었다.
그렇게 시간은 흘러 오늘에 왔다.

공원은 가까워지고 느려지는 발걸음….
다시금 그냥 돌아설까 망설이다 들어선 공원의 벤치….
여자는 몸이 그대로 굳어버린 듯 움직일 수 없었다.
영화처럼
꿈처럼
약속이나 한 듯 남자가 먼저 와 앉아 있었다.

어쩌면 여자보다 더 아팠을지 모를 남자의 시간들이

여자를 부둥켜 안았다.

여자가 남자를 잊지 못하고 지내온 시간보다

여자를 잊지 못하고 지내왔을 남자의 나날들이

가슴에 파고 들어서

여자의 눈에는 하염없이 눈물이 고여 흘러내렸다.

♬ *the cardigans - carnival*

come on and love me now come on and love me now...

"이별 후 당신의 마음이 온통 저리도록 아프다면
한때 당신의 반쪽이었던 그 사람도 분명
당신과 똑같이 아플 거예요."

흙탕물 위로 떠내려가는 찢어진 꽃잎

종일 절뚝거리던 길고양이
혼자 울다 죽은 밤의 색깔

♬ *the civil wars - i want you back*

oh baby give me one more chance won't you please let me in your heart...

서로 뒤돌아 비처럼 서 있는 두 사람

♬ *the coral - dreaming of you*
when i'm dreaming of you oh what can i do i still need you

봄에 베인 마음은
봄에 베인 마음이 알지.

♬ *the coral sea - in between the days*

just draw just draw your dream a place you can project your day dreams...

선인장 꽃 진 자리가 오래도록 아물지 않는 상처 같다.
흔적이 너무 짙다.

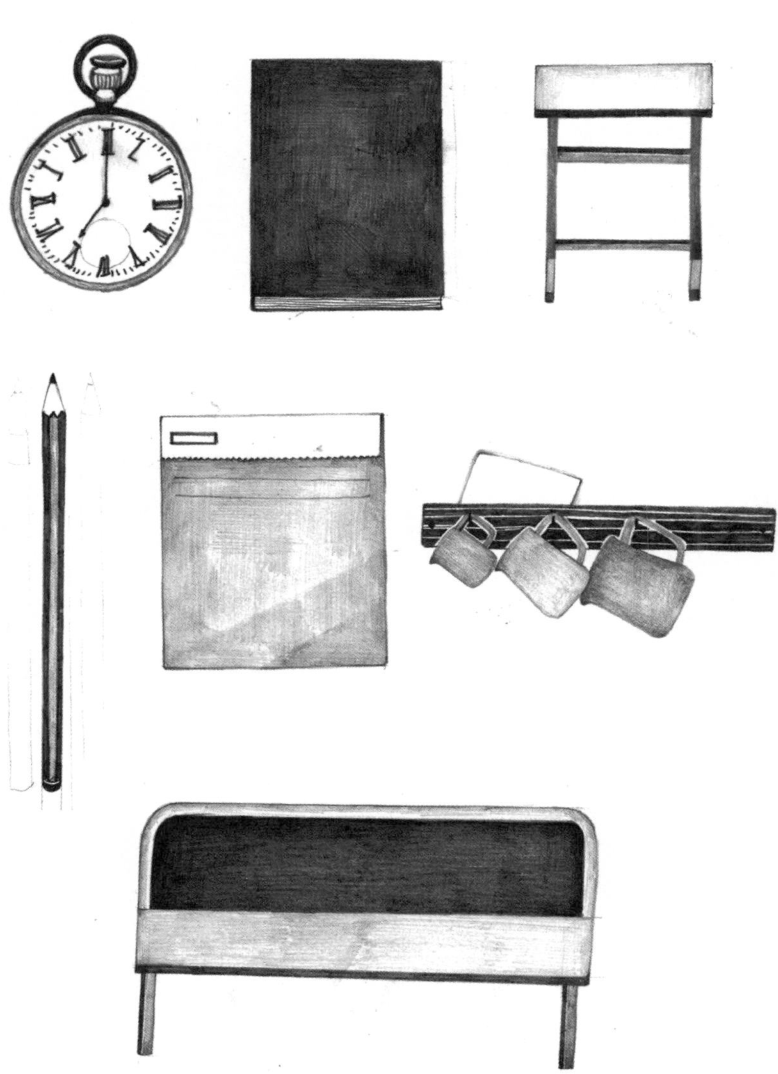

♬ the cranberries - when you're gone

and in the night, i could be helpless, i could be lonely, sleeping without you...

마늘을 까다보면

손끝이 아려 따갑고

양파를 썰다보면

두 눈 아려 눈물 나고

불현듯

불현듯이

그대 생각나면

마음 온통 아려 아무것도 못하고.

♬ *the devlins - love is blindness*

love is blindness i don't wanna see won't you wrap the night, around me? oh my love blindness

온몸으로 울며 바람이 붑니다.

겨울이라 바람이 더 잘 보입니다.

words 겨울

13

그렁그렁한 눈빛

그곳에서 떠나온 지 참 많은 시간이 흘렀다.

그리하여 나는 지금 여기에 있다.

그런데 아직 그곳에 있는 내가 자꾸 이곳에 있는 나를

그리워하고

그렁그렁한 눈빛을 보내오는 것이다.

그렇다면 진정 나는 어디에 있는가 말이다.

늦은 나이에 결혼을 앞둔 그녀가 망설이며 말했다.

나는 열망을 갖고 있어. 그 열망이 채워지지 않을 것을 알기에 결혼하고 싶지 않아. 그렇지만 나에게는 그 사람이 필요해. 그 사람이 없는 나의 생활은 상상할 수도 없지.

기억력이 좋지 않은 나는, 사실 사람들과의 만남에서 이뤄진 대부분의 것을 잊어버리곤 한다. 모래로 덮인 시간의 표면을 후우 불어 가벼운 알갱이들은 부스스 날려버리고 단지 몇 개의 자갈들만 겨우 남겨두게 되는데, 소란스러운 이태원 어느 골목 어귀 작은 카페에서 그녀가 내게 내뱉었던 몇 가지의 말은 남겨진 자갈들 중 하나였다.

그 말이 기억을 서성거리는 이유는 사실 단순하다. 그저 그녀의 나이 때문이었다. 이제 쉰을 앞둔 그녀가, 여전히, 내 주위 또래의 여자들이 생각하는 그것을 고스란히 가슴속에 안고 있다는 사실이 낯설게 느껴졌다. 사실 이런 류의 이야기는 여기저기서 들려온다. 이런 류라는 것은 다음과 같다.

: 스무 살의 나, 서른 살의 나, 마흔 살의 나, 죽기 직전의 나는 모두가 동일한 인물이며 그 중에 어른이기 때문에 특별히 다른 점을 찾을 수 있는 나는 없다.

♬ *the czars - what i can do for you*

i don't know what i can do for you, but if you give me a chance i think that i can prove i love you, if only for a while..

이건 나이가 들어 현명해지거나 지혜를 갖추는 것과는 별개의 문제이다. 열망은 시간과 환경이 변해도 여전히 가슴 에 남는다. 사라지지 않으며 다만 잊었다고 믿거나 혹은 잊는 것이 좋겠다는 판단 하에 담아둔다. 그래서 어른이라 불리기 시작하는 어느 나이가 되면서 사람들은 현실 뒤에 가둬두는 저마다의 몇 가지를 갖게 된다.

나는 종종 무슨 연유에선지 정도가 심해져 입을 꾹 다문 채 타인의 호기심조차 거둬버리게 할 정도로 감정이 드러나지 않는 눈빛을 가진 어른들을 마주치고는 했다. 그런 이를 마주할 때면 괜스레 마음이 퀭해진다. 그들은 참고 있다. 혹은 참다가 어느새 그런 것은 아예 없다고 믿고 있는 것처럼 보이기도 했다. 나는 이런 상황을 '억누른 나머지 이뤄진 상실'이라고 얘기하고 싶다.

물론 그녀 또한 이런 식으로 여러 가지를 잃어버리긴 했겠지만, 스스로 말했듯 사랑에 대한 열망은 놓지 않았다. 나는 그녀가 결혼에 대한 답을 찾으리라 기대하지 않는다. 스무 살, 서른 살의 내가 그렇듯이 그녀가 그러하다면 거기에 과연 끝이 있고 답이 있을까.

그리고 한편, 이런 끝이 없는 이야기를 생을 마치는 그날까지 내가 해낼 수 있을지 두려워졌다. 하지만 그렇다고 해서 그저 먹고 살기 위한 일들을 앞세워 억누르고 담아둔 채 없는 척 살아가는 것은 더 두려운 일이다.

온갖 사람들이 모여든 이태원 축제 한복판, 그 사람이 없는 자신의 생활에 대한 현실적인 고민과 열망 사이에서 헤매던 그녀는 한 시간을 넘게 거리를 걷고 허기진 배를 쌀국수로 채운 후에야 오늘 누구와 만났는지 그에게 굳이 일일이 얘기하고 싶지 않다는 말과 함께 굳은 표정을 지어 보이고는 집으로 돌아갔다.

그날, 열망에 대한 안타까움으로 번진 그녀의 표정에서 예전에 얼핏 보았던 오래된 사진 속 스무 살 무렵의 그녀를, 나는 보았다.

♬ *the devlins - love is blindness*
love is blindness i don't wanna see won't you wrap the night, around me? oh my love blindness

♬ *the frames - your face*
'cause i'm gonna wait for you i've got to send this tape to you and i'm gonna wait for you

햇볕 가장 쨍할 때 쨍그랑 마음 부서져본 적 있니?

바람에서는 오래 전 그날의 향기가 나,
돌아갈 수 없어서 슬픈
어쩌면 다행인지도 모를 그날의 향기.

사랑했던 모든 것들의 뒷모습은
왜 이렇게 오래도록 잊혀지지 않을까?

누군가의 뒷모습을 오래오래 바라다본 적 있니?

뒤돌아 흘리는 눈물이 뜨겁다는 걸
너도 잘 알고 있구나.

words 오후 2시의 바람

나는 이 세상이 저지르는 악몽.

시간들, 어디 가서 닳고 닳은
신발 벗어놓을까.

내가 나임을 강조하던 날들에게
말랑말랑한 빵 한 조각씩 나눠주고
등을 토닥이며 안녕하고 싶구나.

시간들, 하염없이 내게서 멀리 멀어지는가
자욱하게 자꾸 가까이 다가오는 것인가.

무시로 달겨드는 추억과 부딪혀 발목 삐끗할 때
발목을 버리고 부끄러운 세월에 돌을 던지고
어디 멀리 가서 혼자 실컷 울어라 사람아.
한결 잔잔해진 계절이 그대를 맞이하리라.
먹구름냄새 바람이 속삭인다.

아아, 나는 파랑과 검정을 너무 많이 만들어낸
이제는 비루의 짐승.

♬ *the honey trees - to be with you*
oh i'd wait for the seas to part to be with you oh i could sail the world search throuth the darkest waters but i'd never find these golden eyes

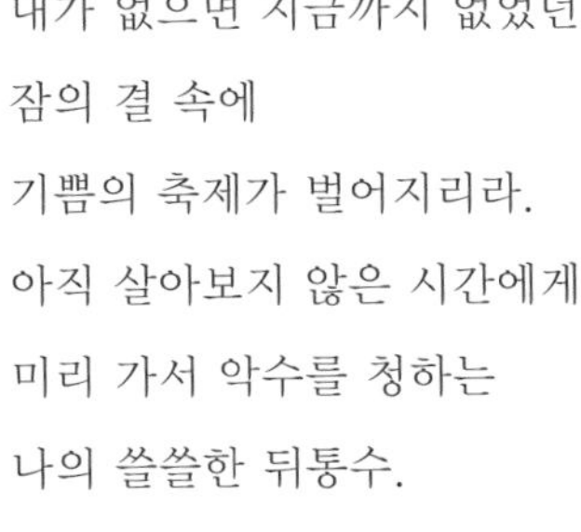

내가 없으면 지금까지 없었던
잠의 결 속에
기쁨의 축제가 벌어지리라.
아직 살아보지 않은 시간에게
미리 가서 악수를 청하는
나의 쓸쓸한 뒤통수.

나는 이 세상이 꾸는 악몽.

words 파랑

냉가슴 대지의 차가운 숨결에 낡고 허름한 지붕들은
더욱 낮게 웅크려 간신히 온기를 붙들던 밤이 있었다 했다.

모든 종교의 아름다운 문장들은
봄날 꽃향기마냥 따스하기만 해서
얼음 섞인 바람이 불어오면
금세 마음은 빈집이 되어버렸다 했다.

눈 내리는 시끄러운 하늘을 나는 새에게 안부를 묻고
봄볕의 향기를 조금 머금고 불어오는 십이월의 바람에게
길고 긴 편지를 쓰던 사람도 있었으리라 했다.

♬ *the jayhawks - over my shoulder*
i've been looking over my shoulder would you love me when you're older still i know you're true

흔들리던 촛불이 그렁그렁 슬퍼하던 사람의 눈빛 같아서
밤새워 촛불 앞에서 무릎 세우고 앉아
사랑이라는 것을 생각하던 사람도 있었으리라 했다.

그렇게 겨울은 길고 길었다 했다.

삼월에는 나무에 기대어 귀를 기울이고
나무속에서 흐르는 물소리를 듣자.
나무의 피가 돌고 도는 소리를 듣자.
지난 겨울에게 영원히 안녕을 고하고
가슴으로부터 붉고 노란 꽃 한 송이 씩 피워올리자.

아청을 지나면
할미꽃 흐드러진 묘墓 언덕.
흰 머리칼 척척 내리고 흐흐흐
너무나 낯익은 울음소리 사방에서 들릴 때
이리 와, 이리 와,
길 안내하듯 외발뿐인 지난 겨울의
검은 나뭇가지 아저씨가
앞장서서 톡톡톡 나를 데리고 어디로 가나.
이제 내가 할 일은 이것뿐이구나.
마치 은밀한 비밀 하나 털어놓듯
결연하게

뒤를 돌아보면
언제나 같은 색깔!
햇살은 바삐바삐 진눈깨비 속으로 작정한 듯 숨어버렸지.
그러면

♬ *the owls - yellow flower*
o i brought you yellow flowers by mistake you hid them underneath the sewer grate we wondered if they'd make it to the lake...

이처럼 쓸쓸한 날들은 없을 거야.

상처의 사연을 꽁꽁 싸매 쥐고 절벽 아래로
아득한 허방으로
몸을 던지던 이십대의 시인처럼 가수처럼 화가처럼
하염없이
바닥으로 곤두박질치는 진눈깨비! 그리고
약속처럼 시체의 검은 눈동자보다 더 탁한 하늘이
냄새나는 구름을 자꾸만 흘렸어! 그런데
그런데 참 이상하기도 하지.
하루가 속수무책으로 아슬해질 때마다 그곳으로
미친 듯이 달려가는 마음은
대체 어디서 오는 걸까. 뒷일은 아무 걱정도 없이
아니 그런 생각도 없이
슬프지도 즐겁지도 격렬하지도 않게
그저 사춘기 벙어리 소녀처럼!

words 아청빛

14

그리운 마음

가을이 오면 그대 생각이 가장 먼저 물들고

비가 내리면 그대 생각이 가장 먼저 젖는다.

여자는 몸이 몹시 아팠다.
남자는 힘들다는 내색 한 번 하지 않고 여자를 돌봤다.
평생 기쁨과 슬픔을 함께 나눠온 여자,
이제 늙고 병들었지만
남자에겐 여자가 세상의 전부였고
유일한 삶의 기쁨이었으며
인생 모든 것을 걸고서라도 지켜주고 싶은 사람이었다.

창밖으로 가늘고 매서운 눈발이 날리는 오후.
수은주가 곤두박질치는 12월의 얼음장 같은 날씨가
사람들의 어깨를 움츠러들게 하는
그런 추운 날이었다.
여자는 입김이 날리는 방안에 누워
추위와 병의 고통을 견디고 있었다.
그나마 이불 속의 온기로 추위를 조금 이길 수는 있었다.
오래 아픈 여자의 몸은
겨울나무처럼 까맣게 말라 있었다.
병색이 짙은 여자의 얼굴은 말 그대로 잿빛이었다.
나뭇가지 같은 앙상한 팔을 뻗어 여자는
머리맡의 약봉지를 찾았다.

♬ *the perishers - my heart*
it's my heart you're stealin' it's my heart you take it's my heart you're dealin' with and it's my heart you'll break...

하지만 약봉지 안은 텅 비어 있었다.
여자는 아픈 몸을 일으켜 힘들게 힘들게 옷을 주워 입고
집을 나섰다.
약국에 가야만 했다.
앓아본 사람은 알겠지만,
불지옥에 떨어진 것보다 더하다고 느낄 고통의 순간에
잠시나마 고통을 재울 수 있는 것은 진통제뿐이다.
여자는 영하의 날씨 속으로
천천히 천천히 발을 내딛었다.

얼마나 갔을까.
사거리 모퉁이를 돌아 큰길로 나섰을 때쯤
여자는 갑자기 어푸러지듯 쓰러졌다.

급성 심장마비.

하늘은 더욱 낮아지고 바람은 거세져
날리는 눈발이 마치 비 같던 날,
차가운 아스팔트 바닥에 한쪽 얼굴을 대고
여자는 버려진 옷처럼 누워 있었다.

경찰의 연락을 받고 달려온 남자는
바들바들 떨리는 손으로
아내의 축 처진 몸을 품에 안았다.
아내의 얼굴에 자신의 얼굴을 부비며 부둥켜안은 채
그자리를 떠날 수가 없었다.

지나가던 사람들이 주위로 몰려들었다.
강추위로 남자의 몸이 얼어버릴 것만 같아서,
사람들은 이제 그만 경찰에게 맡기라고 만류했다.
하지만 남자는 고개를 내저었다.
사람들이 남자의 몸에 상자를 덮어주고
장갑을 벗어 끼워주었지만
남자는 미동도 않은 채
아들이 올 때가지
두 시간이 넘도록
가만히 여자를 안고 있었다.

♬ *thirteen senses - you and i*
and you and i are thoughts in the minds you and i, you and i...

사랑하는 당신의 아픔이 내 심장을 찢어 놓아서
나의 다른 아픔들은 느껴지지 않아요.

♬ *the perishers - sway*

i've had my head among the clouds now that i'm coming down
won't you be my solid ground?

맨발로 촉촉촉 걷는 비,
한낮의 공허를 할퀴던 고양이 발톱 같은 어둠,
마지막 술잔을 챙 부딪히고 당신은
대체 어느 별로 사라졌나.
외딴 섬
그대 뒷모습
오래 보듬지 못하고 나는 비틀거렸어.
그 후로 아직도

가로등 불빛이 그렁그렁 바닥에 주저앉아 흐느끼고
어느새 되돌아와 마주 선 기억들.

쏟아지는 당신 목소리.

♬ *the stylistics - because i love you girl*
you know there's nothing in the world that i wouldn't do nothing in the world that i wouldn't do for you because i love you...

흐릿한 전등 밑
두 무릎 위로 얼굴 묻는
한 사람

그
주위로
몰려드는
어둠.

새벽
3시.

♬ *the thrills - no more empty words*

darling no more empty words they're just hurtful and misleading can't you see that?...

태양이 저리도 멀리 있는데,
걸어 걸어서 사천 년 거리
일억 오천만 킬로미터라는데,
한여름 논바닥이 마른 가슴을 찢습니다.
작은 물웅덩이가 순식간에 갈라진 속을 내보이고
길 가던 발걸음을 깊은 그늘로 옮겨 놓습니다.

태양, 저리도 멀리 있는데.

헤아릴 수도, 알 수도 없는 그 거리, 그 먼 곳에
당신은 갔는데, 당신과 걸음 맞춰 건듯 문득문득
발걸음이 느려질 때 있습니다.
작은 돌멩이가 강 수면에 물주름을 수놓듯
당신 얼굴 만지던 손끝 헛헛해져
무시로 마음에 여울질 때 있습니다.

당신, 그리도 멀리 있는데.

♬ *the turtles - you showed me*

you showed me how to do exactly what you do how i fell in love with you ohhhhh, it's true ohhhhh, i love you...

불 밝힐 그 무엇도 없는데
아무것도 보이지 않는 어둠
속으로 걸어 들어가야 할 때를
만나거든 그 어둠 입구에 멈춰 서서
한참을 눈 감고 서 있으라.
그리고 눈을 뜨고 보라.

15

그대 없는 오후

가끔 밥 먹는 일이 참 슬플 때 있네.

하릴없이 꺽꺽 목이 메여

눈시울 뜨거워질 때 있네.

오후가 속수무책으로 흐물거릴 때 있네.

얼마 전 경리단 길 어느 카페에서 만난 정수의 머리 위로 아득한 잿빛 하늘이 드리워져 있었다. 그림자에 가려 잘 보이지 않아 읽기 힘든 글자처럼 애매한 미소, 줄어든 말수. 추위가 계속되던 1월 어느 날, 그녀가 키우던 검은 고양이가 죽었다고 했다.

고양이를 데리고 다니던 병원 앞을 지날 때면 눈물이 나온다는 그녀는 얼마 전 작업실 계약을 연장했다. 그녀의 작업실은 남산 언저리 낡은 건물 2층, 그곳엔 항상 음악이 흘렀고 어둑한 조명 속에서 윤기 나는 검은 털에 제법 살찐 나이 든 고양이가 가뜩이나 둥근 형체를 더 웅크린 채 마치 공간에 새겨진 무늬인냥 그렇게 제자리를 지키고 있었다.

좁다란 화장실에 가서 변기에 앉아 고양이가 흘린 화장실 모래를 세어보던 기억도 떠올랐다. 그녀는 고양이가 이렇게 갑작스레 떠날 줄 알았다면 작업실을 재계약하지 않았을 것이라고 말했다. 기억 속에서 여전히 고양이는 얼룩 카펫에 앉아 잠을 자고, 현관 앞 먹이통에서 자작대는 소리를 내며 사료를 먹고, 가끔씩 냐옹하며 말을 거는데 막상 그녀가 문을 열고 들어간 작업실엔 더 이상 그가 없었다. 마치 꿈에서 깬 사람처럼 자꾸만 현실을 되찾는 일을, 어쩌면 꽤나 오랫동안 반복해야만 할지도 몰랐다. 그녀에게 건낼 무언가 위로의 말을 찾던

♬ *the wallstones - insomnia*

how can i even try to resist i was lost from the first time we kissed whenever i try i get so high this feeling inside gives me insomnia...

난 이내 그만두었다.

만남의 시작은 마치 어린아이의 눈동자처럼 천진난만해서 그 순간 속에 끝이라는 단어는 없다. 카페 앞에서 이제 주인 잃은 사료 통을 다른 필요한 이에게 건네는 그녀를 바라보며, 그녀가 고양이를 데려왔을 첫날을 떠올렸다. 그래 그날, 그녀에게 오늘은 없었을 테지. 만남이 있으면 헤어짐이 있다는 그 흔하디흔한 말을, 이별 후에야 까마득히 잊었던 최초의 기억처럼 떠올려내는 막다른 시간. 무방비한 상태로 새겨진 켜켜이 쌓여진 시간 속에서 일어났던 모든 것들이 만들어낸 가슴 속 정교한 무늬들. 그 앞에서 할 수 있는 일이 몇 가지나 될까. 내일을 알 턱 없이 재계약해버린, 고양이가 떠나버린 작업실에서 남겨진 기억들에 파묻혀 하루하루 시간을 연명해나가는 것, 그것이 유일하게 그녀가 할 수 있는 일이었다.

기억과 현실 그 사이 텅 빈 허전함에 조용해진 정수의 슬픔이 기쁨으로 비롯된 것이란 사실은 아이러니했다. 고양이와 함께 한 시간들이 행복했던 만큼이나 슬픔은 크게 다가온다. 하지만 그런 그녀의 마음과는 상관없이 그는 돌아오지 않는다. 잡고 싶은 기억들은 꿈에서 깨어나지 않기를 원하는 헛된 바람처럼 차라리 외면하고 혹은 덮어두기도 반복하면서, 그렇게 사라진 존재와 홀로 사투를 벌인다. 결국 무겁게 내려앉아버린 마음을 다시 일으킬 수 있는 유일한 것 또한 행복했던 기억이란 사실이 표면 위로 떠오를 때까지.

조심스레 다른 고양이를 다시 키워볼 생각은 없냐는 물음에 정수는 침묵으로 대신했다. 그녀는 아주 천천히 고양이를 떠나보내고 있는 것처럼 보였다. 감은 듯 눈동자를 덮은 그녀의 눈꺼풀 아래 시선을 따라가다보면 언젠가 슬픔에 기억을 씻고 걸러 좋은 기억들만 남을 어느 날에 다다를 것만 같았다. 아마도 그때 비로소, 그녀의 대답을 들을 수 있으리라.

♬ *the weepies - red red rose*
i'm not yours, you're not mine hope you find love in time

LATIER·CONFISEUR

바람이 너를 즐겁게 해줄 거야.
곧 네 곁에 새로운 따뜻한 온기 그때까지 혼자 먼 길 걷지 않길.
다른 사람들처럼 웃고 떠들고 마음과 몸 아픈 일 적길 바랄게.
추억에 빠져 비틀거리지도 말고
너와 내가 지은 아름다운 나라 아름답게 무너질 때까지 안녕.

모든 말에서 풍기던 이별 냄새.
그 말들 고스란히 견디던 두 귀.
길가다 문득 느려지는 발걸음.
아직도 아직도 아직도 아직도.

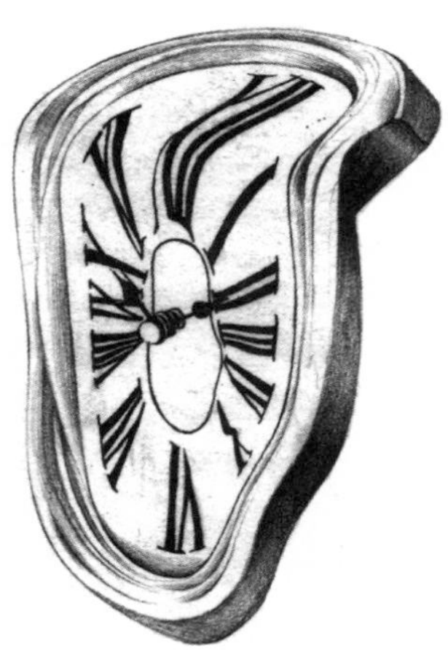

♬ *thirteen senses - gone*

cos when i see your eyes i can see the flame is gone gone gone...

저 달

외눈으로도 온 세상 다 둘러보는데

두 눈을 가지고도 나는

보고 싶은 사람 얼굴 하나 보지 못합니다.

words 동지 冬至

♬ *feist - one evening*

when we parted, moving on and believing it could begin and end in one evening....

後

너를 만지지 못하는 내 손끝

너에게 닿지 못하는 내 눈빛

너에게서 멀어지는 내 발걸음

깊은 숲 오솔길 끝 홀로 놓인 그루터기의 막막함

저녁 산 능선에 반쯤 걸린 해의 그렁그렁함

검은 나무 밑을 뒹구는 플라타너스 잎의 헛헛함

같은,

버스 정류장, 달력 속 숫자 끌어안은 동그라미들.
봄과 겨울 공원.
햇볕 들지 않는 두 평 방.
해바라기 가면 쓰고 딸기시럽 향香 웃음 흘리는
사람들 넘치던 거리.
햇빛이 풍성해도 전혀 낯설지 않은 얼굴을 한 날도
있었던 게 신기해.
캉캉 춤 추던 네온의 아름다운 술집들.

그러나 더 이상 흥미롭지도 않고 웃을 일도 없어.
꽁꽁 여미면 여밀수록 불안한 약속처럼 내일은 오고
오늘은 가는 걸.

♬ *Andrew Belle - In My Veins*
oh, you're in my veins and i cannot get you out oh, you're all i taste at night inside of my mouth...

검은 입술로 중얼거리던 낮과 밤 그리고 아침.
꼭 늦게 너무 잘 알게 되는 건 참 이상한 일이야.
어리석은 일이야.
어쩌면 다행인지도 모를 일이야.
고삐 풀린 말馬처럼 사납던 말言과
설탕가루 뒤집어쓴 말言에.
지칠 대로 지쳐 있을 불쌍한 귀와 귀야,
안녕하지 못하구나.

굳이 찾아보길 원하지 않았지만
가끔 재방송의 영화 보다가
처음처럼 눈시울 적실 때 있지.

입술 꾹 다문 봄여름가을겨울봄여름가을겨울봄여름가을겨울이
부풀대로 부풀다가
처음이 아닌 듯 너무 익숙한 동작으로 터진다.
한꺼번에 눈과 비 쏟아진다.
두 손이 빈숲처럼 고요하고
혼자 먼 곳 바라보는 잿빛 얼굴이 쏟아지자

버스 정류장, 달력 속 숫자를 끌어안은 동그라미들, 봄과 겨울 공원, 햇볕 들지 않는 두 평 방, 수많은 거리며 술집들, 그리고 말言과 말言들이 줄줄이 쏟아진다.

슬프다.
그것들에게 더 이상 입 맞추지 않는
생기발랄한 나의 포즈.

안녕 이후,

♬ *Mojave 3 - In Love with a View*

happy to hear you remembered the view so glad to assume it was fate i thought at the time it was clear...

#

그대와 함께 보고 싶은 영화

사랑이란 게 처음부터 풍덩 빠지는 건 줄만 알았지,
이렇게 서서히 물들어버릴 수 있는 건 줄 몰랐어.

미술관 옆 동물원

내 기억 속에 무수한 사진들처럼 사랑도 언젠가는
추억으로 그친다는 걸 난 알고 있었습니다.
하지만 당신만은 추억이 되질 않았습니다.
사랑을 간직한 채 떠날 수 있게 해준 당신께
고맙다는 말을 남깁니다.

8월의 크리스마스

참 신기하군, 몰리…
마음속의 사랑은 영원히 간직할 수 있으니 말이야.

It's amazing, Molly...
The love inside, you take it with you.

사랑과 영혼 Ghost

사랑은 바람 같은 거야,
볼 수는 없지만 느낄 수는 있거든.
Love is like the wind, I can't see it, but I can feel it.

워크 투 리멤버 A Walk to Remember

만약 사랑에도 유효기간이 있다면
나의 사랑은 만년으로 하고 싶다.

중경삼림 重慶森林

당신은 눈이 정말 아름다워요. 얼굴의 다른 부분도
정말 예뻐요. 다른 곳은 보이지도 않아요.
I love you eyes, And i love the rest of your face too,
And i haven't even look futher down.

어바웃 타임 About Time

그녀는 마치… 햇살 같아요.
그녀랑 같이 있으면 모든 게 달라 보여요.
She like... sunshine. Everything is better when she's there.

발렌타인 데이 Valentine's Day

언제나 이별은 생각보다 먼저 오지.
그래도 모두들 웃으면서 말하는 거야.
'안녕, 언젠가 다시 만나요. 안녕, 어딘가에서 다시…'라고.
그래서 나도 이렇게 멀리 와버렸지만 말할게.
안녕, 어딘가에서 다시 만나.

다만, 널 사랑하고 있어 ただ、君を愛してる: Heavenly Forest

난 비록 죽으면 쉽게 잊혀질 평범한 사람일지라도
영혼을 바쳐 평생 한 여자를 사랑했으니
내 인생은 성공한 인생입니다.
My life should be sucessful because I have loved only one woman for the life with my soul all devoted to her, though I would be a common easily-forgotten person after I die.

노트북 The Notebook

넌 내게 한정된 나날 속에 영원함을 줬어. 정말 고마워.
You gave me a forever within numbered days and i'm grateful.

안녕, 헤이즐 The Fault in Our Stars

난 사랑에 빠졌어요, 어쩌면 좋죠? 너무 아파요.
그런데 계속 아프고 싶어요.

연애소설

사랑이 짧으면 슬픔이 길어진다.

The shorter time you share a love with someone,
the longer time you suffer from losing that special one.

라스베가스를 떠나며 Leaving Las Vegas

"남겨진 시간이 얼마 없다면…."
"오늘?"
"아니, 인생에서…. 하루 밖에 못 산다면 뭘 하고 싶어?"
"뻔한 걸 뭘 물어, 정답은 하난데, 자기하고 보내야지."
"정말?"
"당연하지. 같이 있을 거야, 지금처럼. 아무것도 안 하고."
"그게 다야, 다른 건?"
"둘이 아닌, 하나가 된 느낌, 진정 한마음이 되는 거야.
사소한 것부터 심오한 것까지.
내 소망처럼 그렇게만 된다면 죽음도 두렵지 않아."
"사랑해."

"If for some reason you thought you didn'
have a lot of time left..."
"You mean today?"
"No, I mean in life.... If you had one day
left what would you do?"
"It's an easy answer, A no-brainer,
I'd spend it with you."
"Really?"
"Of course. Just being together. Like now. Doing nothing."
"And that's it? Nothing else?"
"A closeness. An intense closeness. Really sharing things
with each other. Silly things. Difficult things.
That's what I've always wanted for us
and if we could have that...nothing could hurt us."
"I love you."

이프 온리 If Only

더운 날씨에도 감기에 걸리고,
샌드위치 하나 주문하는 데 한 시간도 더 걸리는 널 사랑해.
날 바보 취급하며 쳐다볼 때 콧가에 작은 주름이 생기는
네 모습과 너와 헤어져서 돌아올 때 내 옷에 묻은
네 향수 냄새를 사랑해. 내가 잠들기 전에 마지막으로
이야기하고 싶은 사람이 바로 너이기에 널 사랑해.
지금이 송년이고 내가 외로워서 이런 말 하는 게 아냐.
네 인생을 누군가와 함께 보내고 싶다면
가능한 한 빨리 시작하란 말을 해주고 싶어.

I love that you get cold when it's seventy one degrees out, I love that it takes you an hour and a half to order a sandwich, I love that you get a little crinkle above your nose when you're looking at me like I'm nuts, I love that after I spend a day with you I can still smell your perfume on my clothes, and I love that you are the last person I want to talk to before I go to sleep at night, I came here tonight because when you realise you want to spend the rest of your life with somebody, you want the rest of the life to start as soon as possible.

해리가 샐리를 만났을 때 When Harry Met Sally...

내 속에는 늘 네가 한 조각 있고, 그리고 난 그게 너무 고마워.
네가 어떤 사람이 되건, 네가 세상 어디에 있든지,
사랑을 보낼게.

I'll be a piece of you and me always. I'm grateful for that.
Whatever someone you become,
wherever you are in the world: I'm sending you love.

그녀 Her

너와 나는 1분을 같이 있었어.
난 이 소중한 1분을 잊지 않을 거야.
지울 수도 없어. 이미 과거가 되어버렸으니까.

아비정전 阿飛正傳, Days Of Being Wild

당신은 내가 더 좋은 남자가 되고 싶게 만들어요.
You make me want to be a better man.

이보다 더 좋을 순 없다 As Good As It Gets

이 배의 탑승권을 따낸 건 내 인생 최고의 행운이었어.
당신을 만났으니까.
To get the ticket of this ship was the best luck in my whole life,
Because I meet you in here.

타이타닉 Titanic

내겐 고양이도 있고 아파트도 있고
혼자 쓰는 리모콘도 있어요.
그건 중요해요. 다만 함께 웃을 수 있는 사람이 없어요.
I have a cat, I have an apartment, sole possession
of the remote control.
That's very important. It's just, I never met anyone
I could laugh with.

당신이 잠든 사이에 While You Were Sleeping

"왜 날 사랑하니?"
"당신이니까요."

국화꽃 향기

사랑은 타이밍이다.
아무리 사랑해도 인연은 엇갈릴 수 있다.
다른 시간과 장소에서 스쳤다면
우리의 인연도 달라졌을까.

2046

내 시나리오는 달라요. 난 당신을 사랑해요.
당신이 곧 떠날 거라서 그런 것도 아니고
지금 이 순간이 좋아서 그런 것도 아니라,
그러니까,
뭐라고 설명할 순 없지만 당신을 좋아해요.

I have another scenario for you. I'm in love with you. I'm not feeling this because you're leaving, and not because it feels good to feel this way. which, by the way, it does, or did before you went off like that.

로맨틱 홀리데이 The Holiday

이런 확실한 감정은
일생에 단 한 번 오는 거요.

This kind of certainty comes but once in a lifetime

메디슨 카운티의 다리 The Bridges Of Madison County

매일 아침 눈을 뜰 때마다 너를 보고 싶어,
우리 어쩌지?

첨밀밀 甛蜜蜜

인생에서 가장 중요한 건 누군가를 사랑하고
또 사랑받는 것이다.

The Greatest thing you'll ever learn, is just to love and be loved in return

물랑루즈 Moulin Rouge

나는 지금 너에 대한 사랑 때문에
죽어가고 있어…

I am dying because of my love for you...

연인 L'Amant, The Lover

그러니까, 사랑

© 조수광 · 이누리, 2015

1판 1쇄 인쇄 2015년 2월 13일
1판 1쇄 발행 2015년 2월 20일

글 · 그림 조수광, 이누리
펴낸이 차여진
펴낸곳 달봄

디자인 김도희
인쇄 · 제본 정민문화사

등록번호 제406-2012-000092호
주소 경기도 파주시 평화로 310
편집 문의 070-4960-2349
마케팅 문의 031-944-5222
팩스 031-944-9222
홈페이지 www.dalbom.co.kr

ISBN 978-89-968957-6-3 03810

※ 이 도서의 국립중앙도서관 출판예정도서목록(CIP)은 서지정보유통지원시스템 홈페이지(http://seoji.nl.go.kr)와 국가자료공동목록시스템(http://www.nl.go.kr/kolisnet)에서 이용하실 수 있습니다.(CIP제어번호: CIP2015003308)
※ 이 책은 달봄이 저작권자와의 계약에 따라 발행한 것이므로 본사의 서면 허락 없이는 어떠한 형태나 수단으로도 이 책의 내용을 이용하지 못합니다.
※ 이 책의 정가는 뒤표지에 있습니다. 잘못된 책은 구입하신 곳에서 바꾸어 드립니다.